02
REKI KAWAHARA abec bee-pee
SWORD ART ONLINE
unital ring
SAO
SWORD ART ONLINE

「等死掉後再絕望就可以了。
只要TP還剩下一丁點，
我就要為了生存而掙扎。」
§詩乃
過去在「GGO」裡被桐人所救的少女。
擅用長大步槍「黑卡蒂Ⅱ」的狙擊手。
「אאאאא！」

「吼耶啊啊啊啊！」

「我一直相信……
我們絕對會再次見面。」
§結城明日奈
桐人的戀人。「SAO」被完全攻略後，
跟桐人一樣就讀於「歸還者學校」。
在「Unital ring」裡也愛用細劍。

「……抱歉這麼長一段時間
都沒聯絡呀，小亞。」
§亞魯戈
「SAO」的封測玩家，同時也是優秀的情報販子。
通稱「老鼠亞魯戈」。
遊戲被完全攻略後就行蹤飄渺……

§桐人
主導「SAO」的攻略，
為「Underworld」帶來
和平的少年。
「亞絲娜……西莉卡……愛麗絲！」
「就由我們來
守護家園！」

「嗚……！」
§愛麗絲
「Underworld」的整合騎士，
同時也是世界上第一個真正的
泛用人工智慧。
在「Unital ring」的武器是
變種劍。

# 「Unital ring」世界外圍MAP Ver.2

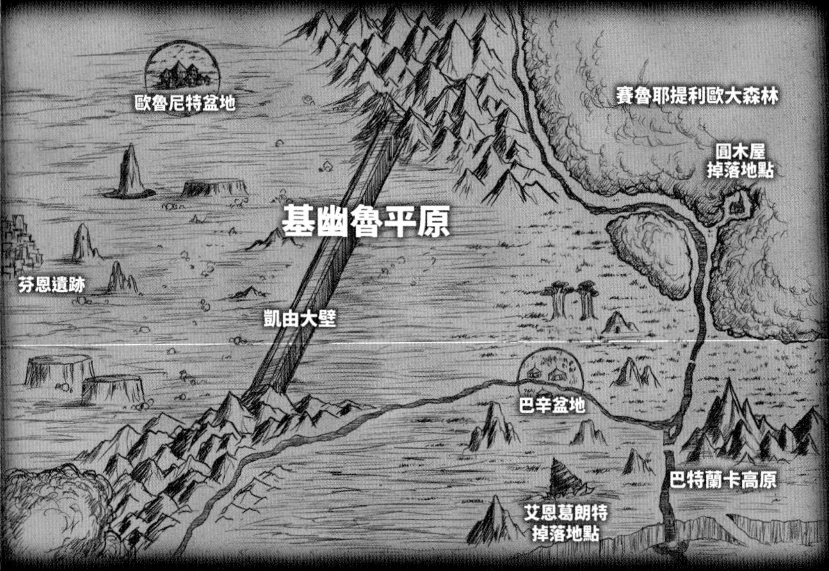


「種子發芽，開枝散葉，形成環狀大門。

被招待至渴望之地的眾人啊，堅守你們唯一的生命吧。

承受大量的苦難，在艱難困境中存活，

並且最先抵達極光指示之地者將能獲得一切。」

融合由「The seed」程式建構，如「ALO」「GGO」等所有VRMMO的開放世界求生遊戲「Unital ring」。

其全貌目前雖然仍籠罩在迷霧當中，但是已經判別出遊戲目的是由身分不明的聲音所宣告的，比任何人都快到達「極光指示之地」。

從融合前的遊戲所繼承的就只有兩個使用時間最長的裝備品、一個熟練度最高的技能以及裝備中的防具。除此之外——能力值與所持物品全部遭到重置。

系統上追加了「ALO」中不存在的「等級」，以及表示口渴度的TP與空腹度的SP等新要素。TP、SP其中之一歸零時HP就會開始減少，HP也歸零時玩家將會死亡。而且一旦死亡就再也無法登入「Unital ring」。

插畫／川原 礫

S A O SWORD ART ONLINE

「這雖然是遊戲，
但可不是鬧著玩的。」

──「SAO刀劍神域」設計者・茅場晶彥──

# SWORD ART ONLINE
## unital ring

REKI KAWAHARA

abec

bee-pee

023

# 1

喉嚨好渴。

極為真實的口渴感讓人難以相信這是AmuSphere所產生的虛假感覺。舌頭失去水氣，每次呼吸時喉嚨也會感到疼痛。甚至會懷疑躺在現實世界的真正肉體是不是真的出現脫水症狀。

想要先登出，把冰冰涼涼的水倒到杯子裡再一口氣喝光……雖然這麼想，但是這個充滿謎團的「Unital ring（UR）」世界裡，脫離中的玩家虛擬角色也不會消失。雖然「口渴指數」會停止減少，但是即使在現實世界裡面喝完水再登入，指數依然會維持減少狀態。在緩衝期間已經結束的現在，一旦死亡就再也無法登入ＵＲ，所以最慘的情況可能是一次就失去所持道具以及角色。這是絕對得迴避的情形。

因此詩乃／朝田詩乃一邊忍耐著虛擬口渴感，一邊為了尋找飲用水而在不毛的荒野裡拚命奔跑。

跑步的話口渴指數的減少速度也會變快，但就算用走的也於事無補。現在只能相信在僅剩下一點點的口渴指數（TP）歸零之前能找到水源然後繼續奔馳了。荒野是起伏較少的地形，目測一公里左右的前方聳立著一座小岩山，其表面可以確認到一些類似植物的剪影。在那周圍沒有找到飲水處的話一切就都完了。

「……真是的……我竟然會被逼入這種狀況當中……」

從乾渴的喉嚨裡擠出沙啞的聲音，同時回想起犯下的數個錯誤判斷，詩乃接著便猛烈地咂了一下舌頭。

六個小時前——二〇二六年九月二十七日，星期日下午四點五十分左右。

詩乃登入到ＶＲＭＭＯＲＰＧ「Gun Gale Online（GGO）」裡，然後在高難度迷宮中狩獵會掉落稀有金屬素材的機械型怪物。

自從在朋友們主要遊玩的「ALfheim Online（ALO）」裡開設帳號後，在那邊遊玩的時間就增加了，但詩乃還是完全沒有從ＧＧＯ裡引退的打算。她還是認為只有黑卡蒂Ⅱ能夠真正成為自己的分身，而且也想在下一屆的Bullet of Bullets裡獲得完全優勝。之所以單獨收集稀有金屬，也是為了不讓競爭對手們知道自己正準備強化黑卡蒂。

當好不容易將掉寶率不到三％的金屬收集到距離目標個數僅剩下一個的時候，迷宮的地板就開始劇烈的震動，視界被七彩光芒籠罩，接著詩乃就被強制轉移到地面。

出現的地方是某個不知名的都市角落。從略顯陰暗的天空中撒下來的微弱陽光靜靜照射著灰色城鎮。往前後延伸的道路上看不見任何人影。

自己也算是把GGO世界的地圖整個逛過一遍了，但不記得曾經看過這樣的街景。建築物的外壁不是水泥而是用老舊的石頭堆積而成，道路也不是柏油而是鋪設了龜裂的磚瓦。茫然呆立在現場的詩乃周圍不停有其他GGO玩家被傳送過來，但每個人都只是呆呆地環視周圍。裡面也沒有任何熟識的面孔。

雖然完全無法掌握事態，但是不喜歡這種被陌生男人們包圍的狀況，於是詩乃就準備潛入附近的建築物裡，確認裡面沒有居民後就躲藏在二樓的小房間內。她緊抱住黑卡蒂，豎起耳朵聽地上的說話聲。

十名左右的GGO玩家聚集到一處，開始商量起究竟發生了什麼事。最後某個人注意到系統選單的UI完全不同，雖然試著聯絡營運企業但是也沒有回應。

如此一來，就只能先登出到現實世界去收集情報了。GGO的社群網站以及各種SNS這時候應該都出現不少關於這場變異的留言了吧。聽他們這麼一說，詩乃也興起登出的念頭，但不知為何就是有不祥的預感，於是便先忍耐下來。

建築外面的十個人不斷操作奇妙形狀的選單回到現實世界去了。再次降臨的寂靜當中，詩乃從沒有玻璃的窗戶往下看著道路，接著忍不住發出「咦」一聲。

十個人的虛擬角色沒有消失，而是呈現單腳跪地的姿勢。這是經常在GGO與ALO裡見到的待機姿勢。許多的ＶＲＭＭＯ當中，為了防止被怪物或者ＰＫｅｒ追趕時「登出逃亡」，所以採取在戶外即使登出，虛擬角色在幾分鐘內也不會消失的形式。現在既然適用這條規則，就表示這個都市不是受到保護的「城鎮」，而是戶外的練功區。不對，根本沒有居民ＮＰＣ存在的跡象，說起來這裡根本不是什麼城市，只不過是遺跡之類的地點吧。

如果是這樣——

屏住呼吸的詩乃，耳朵聽見某種喀沙喀沙的摩擦聲。將視線往右移動，就看到幾道細長影子從小路裡爬出來。在灰色日光照耀下出現的是體長八十公分左右，將蜈蚣與蠼螋綜合起來一般的昆蟲型怪物。

從尺寸來看應該不是什麼強敵。但是被鎖定的ＧＧＯ玩家們全部都處於登出狀態。雖然他們背上發出烏亮光芒的突擊步槍與雷射槍都算是不錯的武器，但是無法扣下扳機的話就一點用處都沒有。

「快點回來啊……！」

詩乃用力抓住窗框如此呢喃，但十個人都還是蹲著沒有任何動靜。蜈蚣們無數的腳在石頭地板上發出喀沙喀沙的聲音並確實地靠近。詩乃反射性把手往腰部後方伸去，想從槍套拔出副武器ＭＰ７。

但是在最後一刻就停手了。潛伏在附近的蜈蚣可能不只目前能看見的五隻而已。槍聲有可能會引來一大群怪物。雖然有為了這種時候所準備的MP7用消音器，但是因為在收集素材，所以為了減輕裝備重量而把它收在道具欄裡。已經沒有時間操作選單視窗將其實體化，然後安裝到槍口上。

當詩乃無法有所行動的期間，領頭的蜈蚣就爬上其中一名玩家的背部，巨大的下顎深陷入其毫無防備的脖子內。深紅特效光就像血一樣滴落。蜈蚣們不斷聚集到其他玩家身上。

詩乃認為就算在毫無抵抗的情況下持續被咬，他們應該還是能撐幾分鐘。蜈蚣怎麼看都是低等怪物，而且男人們身上穿著的防具也算高級。

但是——

短短十幾秒後，最初被咬的玩家就很輕易地變成藍色多邊形並且消散。其他玩家也不斷地死亡。實在太快了……難道蜈蚣是出乎詩乃意料的強敵，還是說……

突然注意到某件事的詩乃，隨即以生疏的手勢打開環狀選單。從八個圖標當中觸碰似乎是能力值的人型圖示。看了一眼展開的視窗，詩乃立刻猛吸了一口氣。

等級1。HP的最大值只有200。能力值遭到初期化了。

而且不只有這樣。白色HP條下方還有綠色的MP條，然後再下方則出現藍色「TP」條與黃色「SP」條。MP也就算了，根本不清楚TP、SP是表示何種數值。

但現在沒有探究的時間了。再次從窗戶往下看，發現已經有五名玩家的身影消失。蜈蚣群正逼近還活著的五個人。再這樣下去，很有可能在有人回歸之前就會全滅。

「……真是的……！」

小聲咒罵了一下後，詩乃便拔出ＭＰ７。立起前握把並且拉出槍托，把選擇器從保險的位置移到半自動。拉動槍身後部的槍機拉柄把首發子彈送進膛室，接著身體靠在窗框上來瞄準前頭的蜈蚣。手指靠在扳機上並且微微用力。

「咦……？」

下一刻，她立刻從嘴裡發出驚訝的聲音。ＧＧＯ裡最具特色的兩大遊戲系統之一，也就是「著彈預測圓（Bullet circle）」沒有出現。

是Bug、系統障礙，還是……等等，沒有空猶豫了。遇見擁有妨礙著彈預測圓能力的怪物時，也有過靠著槍械瞄準鏡來射擊的時候。雖然是從二樓往下射擊，但這種距離不用考慮彈道的變化也沒關係。

詩乃對準蜈蚣準備咬下新獵物的頭部並且扣下兩次扳機。紅黑色甲殼破裂，綠色黏液飛濺出來。第二發雖然有些偏移，但是出現在蜈蚣頭上的奇妙形狀ＨＰ條急遽減少，最後直接歸零。臨死前發出「嘰咿咿！」悲鳴的蜈蚣整個後仰之後就跌落路面——卻沒有變成藍色碎片往四處飛濺並消失。但是確實是死亡了。

迅速準備瞄準下一條蜈蚣的詩乃再次咂了一下嘴。剩下來的四隻頭上全都出現紅色浮標。

「被盯上了」的直覺果然成真，四隻怪物改變前進方向往詩乃所在的建築物爬過來。詩乃要自己不要焦急，對第二隻蜈蚣扣下兩次扳機奪走其生命。

接著剩下來的三隻就發出喀沙喀沙的聲音垂直爬上石牆。將選擇器移到全自動發射，接著從窗戶探出身體瞄準正下方。清脆的連射聲響起，被4.6毫米彈轟中的第三隻蜈蚣一邊噴灑黏液一邊掉落地面。

雖然第四隻也步上同樣的命運，但第五隻卻爬到了窗框。從口中長出的銳利大顎以及揚起的尾剪同時朝詩乃逼近。

詩乃不強行射擊，只是用力朝窗框踢去。在後空翻的狀態下重新架好ＭＰ７，著地的同時就開槍射擊。一半侵入房間的第五隻蜈蚣頭部爆裂，細長身體無力地掛在窗框上。

「呼……」

詩乃下意識中確認著彈匣的殘彈，並呼出一口氣。

突然響起生疏的吹奏樂聲，藍色光環從腳邊湧出直達頭部。眼前出現訊息視窗。

【Ｓｉｎｏｎ的等級上升為２。】

「等級２……」

忍不住嘆了一口氣。ＧＧＯ內的詩乃在三天前才剛到達等級１０７。雖然營運企業ＺＡＳＫＡＲ發現異常事態後應該會將整個伺服器進行回溯，但是以單純的系統障礙來說，這裡的地圖與怪物都太過正式了。簡直就像不在GGO，而是被丟進完全不同的遊戲裡一樣……

依然架著MP7的詩乃慎重地靠近蜈蚣的屍骸。用槍口戳了好幾下後果然沒有任何動靜。於是她的左手便鬆開前握把，以指尖輕敲了一下屍體。

屬性視窗隨著「咻哇」的聲音打開。窺看之後——

【赤腹剪刀蜈蚣的屍骸　素材　重量5．82】

赤腹應該是紅色肚子的意思吧。跟背部比起來，側腹部確實呈現鮮豔的紅色。然後既然是素材，就表示……

詩乃把MP7放回槍套裡後就準備從腰帶上拔出小刀。但是手卻碰不到握把。看了一下右腰，發現原本裝備愛用野外求生小刀的地方已經空無一物。

「…………」

詩乃看了一下立在牆壁上的黑卡蒂Ⅱ並且歪起脖子。主武器、副武器以及防具類全都健在，只有小刀消失究竟是怎麼回事呢？是後空翻的時候掉下來了嗎——應該不會發生這種事情才對——心裡這麼想的詩乃環視室內，雖然沒有找到小刀但是發現設置在牆壁邊的櫃子。

走過去一看之下，發現和GGO內常見的金屬櫥櫃在外型上完全不同。真要說的話比較像是阿爾普海姆裡頭的老舊木製櫥櫃。拉開略顯髒汙的櫃門，發現裡面幾乎沒有東西，不過還是有一些碎裂的食器、一個內容不明的瓶子以及一把小型菜刀。

詩乃試著拿起菜刀。那看起來實在不像能夠在戰鬥中使用的物品，最多只能用來削果皮，不過刀刃還是保持著鋒利度。右手握住泛著鐵鏽的菜刀回到蜈蚣屍骸旁邊。猶豫了數次之後就把菜刀用力抵在體節與體節之間的縫隙。

「沙喀」一聲，令人感到畏懼的手感傳到右手，讓詩乃忍不住想放下菜刀，幸好只要一個動作蜈蚣的屍體就發出藍色閃光消失了。同一個地點分別掉下幾樣道具。

【獲得肢解技能。熟練度上升為1。】

詩乃看了一陣子這樣的訊息後就聳聳肩把它消掉。躺在地板上的是數片紅黑色板子以及兩根彎曲的刺。撿起來點了一下後，各自顯示為【劣質蜈蚣甲殼】與【劣質蜈蚣剪刀】。雖然不知道有什麼用處，但是帶在身上應該不會有損失。詩乃打開主選單，把甲殼與剪刀收到道具欄裡。接著將菜刀插在腰帶上，揹起黑卡蒂離開房間並走下樓梯。

詩乃從玄關確認外面的模樣。最後雖然以全自動模式大量開火，但是沒有其他蜈蚣和怪物的氣息。

躡腳走到外面後，詩乃發現拯救的五個人仍處於待機姿勢。於是她便先走到躺在附近的四隻蜈蚣屍體旁邊，以菜刀進行肢解並且將素材收納到道具欄。

「蜈蚣的甲殼沒辦法強化黑卡蒂吧……」

這麼呢喃完並深深嘆了一口氣時，終於發現到被蜈蚣殺害的五個人消失之處，掉落著五個黑色的袋子。

「…………」

即使感到猶豫還是靠了過去，把右手的菜刀插到腰帶上後觸碰其中一個袋子，結果袋子就變成環狀光芒消失了。接著視界裡就顯示了新的訊息。

【獲得AK74M。獲得戰術背心。】

「…………」

兩者都是GGO常見的裝備。早就已經猜想到黑色袋子裡面應該是死亡玩家的掉寶。當然殺人的並非詩乃而是蜈蚣，但盜取遺留品總是讓人感到不舒服。想著要把它們放回去而準備打開道具欄時才發現某件事。

幾乎在所有VRMMO裡，放置在練功區的道具經過一定時間後就會消失。雖然不清楚死亡的玩家會在哪個地方復活，但是發現武器掉落的話一定會盡快趕回來，所以在那之前還是先代為保管比較好吧。

如此判斷之後，詩乃就停止將最初撿起來的掉寶道具實體化，改為回收其他四個袋子。因為對於道具欄剩下的容量感到不安而重新打開視窗，結果發現顯示所持重量的標示甚至不滿兩成。

在受到不祥預感襲擊下顯示內容後，發現收納的只有回收的十個遺物以及從蜈蚣那裡入手的素材而已。原本在ＧＧＯ世界裡持有的道具已經消失得無影無蹤。

「……真是的……」

詩乃嘆了一口氣並關上視窗。

雖說等異常事態結束之後道具應該就能復原，但到現在營運公司連公告都沒有，這種情況確實讓人感到奇怪。由於希望避免在這種狀況下死亡而失去黑卡蒂與ＭＰ７，所以在開始回溯之前必須和愛槍協力存活下去才行……想到這裡，詩乃就猛烈地吸了一口氣。

道具欄的內容物全部消失了，就表示完全失去累積許多庫存的黑卡蒂用12.7毫米彈與ＭＰ７用的4.6毫米彈。剩下來的子彈就只有黑卡蒂彈匣裡的７發，以及腰帶上交換用的ＭＰ７彈匣約40發。這些子彈射完之後，詩乃剩下的武器就只有在廢屋的櫥子裡找到的一把生銹菜刀。

不對，正確來說，剛才回收的五人份掉寶武器以及子彈也在道具欄內。但是這時候帶著它們逃走的話就真的變成撿屍者了。

早知道這樣就不應該以全自動模式對蜈蚣開火……如此感到後悔的詩乃就靜候待機狀態的五個人重新登入。蜈蚣應該不久之後會再次湧出，六個人不同心協力的話很難存活下去。再次從槍套裡拔出ＭＰ７，靠在廢屋牆壁上著急地等待了三分鐘。

終於有一名玩家的身體震動了一下，然後迅速站了起來。

「各位，要移動嘍！這個遺跡的正中央……」

大叫到這裡才終於發現聽他說話的只有詩乃一個人。環視了一下周圍後才壓低聲音對詩乃搭話。

「我說妳啊，這裡不是還有五個人嗎？妳知道他們到哪裡去了嗎？」

「很遺憾，他們全死了。」

詩乃聳聳肩這麼回答，接著準備說明蜈蚣襲擊的事件。

但是在她這麼做之前，眼前的玩家——上下穿著灰色基調數位迷彩的光學槍使——就把掛在肩上的突擊步槍朝向詩乃。

「妳這傢伙……是ＰＫ嗎！」

「啥？」

發出內含驚訝與憤怒聲音的詩乃，這才注意到剛才自己的發言在某些人耳裡聽起來就像是在扮演殺手。而且自己的右手還握著ＭＰ７。於是急忙放下槍口加以否定。

「不是我，殺死他們五個人的是蜈蚣！」

「根本沒有那種東西吧！」

「為了保護你們，我把牠們全幹掉了！」

如此回答的詩乃為了將作為證物的甲殼實體化而準備打開視窗。但是男人突然就扣下步槍的扳機，發射出來的黃綠色雷射在詩乃右側的牆上留下焦痕。

「喂！」

「別亂動！太卑鄙了，竟然趁人登出時下手！」

「就說人不是我殺的了！」

按耐下怒火如此反駁之後，憤怒的男人依然沒有把手指從扳機上移開。還想再動的話，接下來應該就會毫不留情地開槍了吧。等級1——不對，剛升上等級2的詩乃，就算是單發子彈威力較低的光學步槍也可能會立刻死亡。這個時候，如果黑卡蒂掉寶的話，男人一定會把它當成戰利品。

為了保護搭檔，應該先發制人幹掉對方嗎？但是該怎麼做？

新的聲音擾亂了緊繃的空氣。

「喂喂喂，這下不得了了！不只有ＧＧＯ……」

其中一名待機者如此叫喚著並且站了起來，注意到拿槍相向的男人以及被瞄準的詩乃就誇張地仰身表示：

「你……你在做什麼啊？」

「看就知道了吧！這個女人趁我們登出的時候殺了五個人！」

「咿咿……」

露出驚訝表情的第二個男人，從槍套裡拿出大口徑左輪手槍——應該是Sturm Ruger公司的

Blackhawk。當進退兩難的詩乃拚命尋找活路時，剩下來的三個人也接連覺醒了。

這時已經完全失去先發制人的時機。再來就只能祈禱其中有一名能夠冷靜聽人說話的玩家存在了……當詩乃這麼想時——

她的耳朵就聽見熟悉的清脆聲音。一瞬間動了一下視線，看見從五名男人左後方的某個道路裂縫中衝出兩條長長的觸角。一開始觸角先搖晃了一陣子，最後長著巨大利齒的頭與細長身體就爬上路面。赤腹剪刀蜈蚣重新湧出了。

男人們因為光學槍使不停大聲嚷嚷而沒有注意到危險。在內心呢喃著今天已經不知道是第幾次的「真是的」後，詩乃便壓低聲音說：

「後面。」

「啥？妳說什麼？」

詩乃再度催促重新架好步槍的光學槍使。

「後面！」

「誰會上這種老掉牙的當啊，在被擊中前先把撿來的道具……」

渾厚的悲鳴打斷了男人沙啞的怒聲。

「嗚喔哇啊啊！」

「搞什麼，怎麼這麼吵……」

稍微瞄了一下後方，結果連光學槍使都發出「嗯哦！」的怪聲。他終於注意到從道路左側爬過來的蜈蚣了。而且數量多達十隻以上。

五個男人大大地往後飛退並且一起舉起槍來。

就是現在……這是唯一脫離的機會了。赤腹剪刀蜈蚣的外表雖然恐怖，但是就只有被兩三發MP7的4.6毫米彈擊中就會死亡的HP。男人們的裝備在中等以上，大量開火的話應該只要短短數十秒就能收拾牠們。

聽到第一聲槍聲的瞬間，詩乃就朝地面踢去。她一邊把MP7放回槍套內，一邊朝戰場的反方向全力衝刺。明明被降到等級2卻能揹著超重量級的黑卡蒂II奔跑確實是很不可思議，但是必須先存活下來才能弄清楚這種現象的原因。

不到五秒鐘，就聽見混雜在盛大掃射聲中的喊叫。

「啊，那個女的逃走了！」

「可惡，快點把這些傢伙幹掉追上去！」

事到如今只能希望蜈蚣們多加油了，但最多也只能再撐十秒左右吧。在那之前必須先離開視野良好的主要道路才行。

光學槍使剛登入時曾經喊過「各位，要移動嘍！這個遺跡的正中央……」。按照他所說的推測，接下去應該是「正中央有安全地點」才對。這樣的話當然想到那邊去，但是在被誤會為

ＰＫ的狀況下實在很難到人多的地方。如此一來應該前往的就是城鎮——遺跡外面了。

詩乃的腦海浮現一瞬間從廢屋二樓所眺望的街景。記憶裡窗子正面方向，也就是現在跑著的道路左側聚集了巨大的建築物。如果那裡是市中心，那麼郊外應該是右手邊方向。

背後的槍聲逐漸止歇。必須在被男人們看見前離開大路。小巷、小巷……有了。在五公尺前方。

詩乃全力傾斜身體，幾乎是以連滾帶爬的速度完成九十度轉彎來衝進狹窄的巷弄裡。在廢屋與廢屋之間，有一條寬一公尺多的窄路往前延伸。如果前面是死巷的話那就真的是走投無路了，但現在也只能相信自己的運氣繼續前進。

壓抑腳步聲跑了一陣子後，看到前方有三個半毀的木箱疊在一起。詩乃衝到箱子後面蹲了下來。

不到十秒，大路那邊就有戰鬥靴子的沉重腳步聲靠近。同時還可以聽見透漏著焦躁的喊叫聲。

「可惡，那個女的逃到哪裡去了！」

「不是躲在那邊的房子就是小巷子裡吧？」

「要一間一間找嗎，太麻煩了……」

「別抱怨了，她可是殺了我們五個人喔！」

「而且那個女人的狙步超稀有的喲。如果沒有回溯，就算我們五個人平分也能大賺一筆。」

……詩乃皺起眉頭想著「狙步是什麼啊」，接著才注意到是狙擊步槍的簡稱。以黑卡蒂的稀有度來說，在ＧＧＯ裡確實是最高等級，但是絕對不願意讓它被這群用如此俗氣稱呼的傢伙賣掉。

如果男人們排成一列進入巷子的話，黑卡蒂的12.7毫米彈或許可以一口氣射穿他們五個人。但這麼做的話，就算是為了自衛也會淪為真正的ＰＫ。而且不想在這裡用掉只剩下７發的子彈。

——別進來！

像是感應到詩乃這樣的思緒一般，腳步聲在巷弄入口放慢了速度。雖然看不見男人們的身影，但是可以強烈地感受到他們正在看這邊。

詩乃在木箱後面悄悄卸下背上的黑卡蒂並用雙手拿住。想著事到如今還是先把1發子彈裝進膛室的詩乃，直接把右手放到槍栓上。五個人進入巷弄的話，必須等他們靠近到極限時才即刻上膛，然後在那群傢伙對擊鐵聲產生反應前射擊。

一秒、兩秒……三秒後。

「喂，有人躲在那些破箱子後面……」

衝鋒槍輕快的發射聲掩蓋了這樣的聲音。貫穿木箱的實體子彈掠過詩乃的頭髮與戰鬥靴子。雖然反射性想從躲藏處衝出去，但還是硬擠出意志力來讓虛擬角色持續靜止不動。

「沒人啊。」

「真是的，別突然就開槍啊。」

這樣的對話與輕率的哈哈大笑聲重疊在一起。即使五個人的腳步聲遠去，詩乃還是蹲著等了三十秒，然後才慎重地撐起身體。受到子彈射擊的木箱出現許多裂痕，似乎輕推一下就會完全崩塌。

——你們馬上就會對這次浪費子彈的行為感到後悔了。

在心中這麼對男人們呢喃，接著詩乃就往巷弄深處跑去。

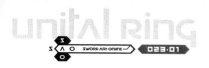

幸好狹窄的巷弄並非死巷，確實連接著新的小路。過去應該有許多居民在上方走動的石板道路，這時只有帶著土塵的風吹過。到底發生了什麼事才會讓城市變成遺跡呢？說不定到中央部就能知道原因，但是目前已經無法靠近。

詩乃不知不覺間意識到自己開始認為這個世界並非系統錯誤或者人為失誤所生成的異常地圖，而是正規的ＶＲＭＭＯ世界，同時持續朝著城市外面前進。雖然經常遇見蜈蚣、蜘蛛、蠍子型的怪物，但因為不能浪費剩下不多的子彈，只能夠拚命奔跑來逃亡。早知道會這樣，就應該把副武器從ＭＰ７換成光子劍……但這也只是事後諸葛了。

專心迴避戰鬥並移動了二十分鐘以上，眼前就出現高大的石牆。感覺得出明顯是圍住城市的城牆，不過是由平坦的石磚在毫無縫隙下堆積而成，一看就知道不可能爬上去。

詩乃撿起腳下的小石頭，以拇指將其彈向正上方。由於落下的石頭滾向右側，於是她便順著石牆往那個方向前進。

不到一分鐘，前方就出現一扇巨大的門。祈禱著不要上鎖並且靠過去後，立刻就知道自己是白操心了。厚重的兩扇木門其中之一仍然健在，但另一邊已經脫離鐵製門框倒在地面。

詩乃暫時停下腳步，思考著自己離開這個城市的判斷是否正確，但終究無法得到答案。唯一可以確定的是，在被認為是ＰＫ的誤會解開之前，不能夠靠近被轉送到這裡的其他ＧＧＯ玩家。

現在需要的是能夠登出的安全地點。既然就連城內都有蜈蚣與蠍子等怪物徘徊，就只能到城外去尋找避難處了。

終於做出判斷後，詩乃就朝大門走去。她踩過倒塌的木門，鑽過城牆來到外面。

下一個瞬間——

「…………嗚哇……」

從她嘴裡流出細微的聲音。

好寬廣。

眼前是一片規模龐大到難以形容的原野地圖。

熟悉的GGO地圖也絕對不算狹窄。包圍首都SBC格洛肯的荒野就以想徒步橫越的話得花上五個小時以上的規模為傲。但是這個充滿謎團的世界不單純是寬廣而已，畫質的精細度還高到了極點。不論是哪個VR世界，超遠景都會變得模糊不清，但是延續到地平線的乾枯大地以及橫跨遠方的山脈都清晰地映照在眼前。自從潛行到那個「真正的異世界」Underworld之後，就沒有感受過如此高的規格了。

詩乃下意識中舉起右手來觸摸自己的側頭部。當然現在並不存在，但是在現實世界躺在床上的自己所著裝的是一年半以來經常使用的AmuSphere。就性能來說它已經算不上是最先進的機器，到底是如何創造出這樣的光景呢？

果然還是得快點登出去確認究竟發生了什麼事。眨了眨眼切換意識之後，詩乃再次仔細地眺望夕陽照耀下的荒野。

地面有七成是乾枯的大地，剩下的三成是褪成白色的植物，而這到處可見仙人掌般植物的模樣讓人聯想到墨西哥的索諾拉沙漠——當然詩乃沒有實際去過。裡頭也確實棲息著怪物，光是肉眼就能見到兩隻巨大的蠍子與一隻巨大蜥蜴。看來要躲開捕食者的反應圈同時尋找安全地帶不是件簡單的事，這麼想的詩乃隨即注意到某件事。雖然絕對不能浪費黑卡蒂的子彈，但是搭檔能辦到的不只是在敵人身上轟出洞來。

詩乃以立射姿勢架起黑卡蒂並且窺看瞄準鏡。接著轉動倍率調整輪盤，把倍率調整為最低的五倍。然後直接緩緩從左到右移動槍械來尋找安全地帶。一般來說，靠近地面的地點絕對不行。希望該地點是在蠍子與蜥蜴爬不上去的高處，而且具備完全隱藏身影的遮蔽物。

雖說如此，但也不認為能輕易就找到如此優良的地點，所以至少也要是上面平坦的台地般地點——

「…………啊。」

詩乃發出細微的呢喃聲，先把眼睛離開瞄準鏡，然後再次窺看。接著把倍率提升到十倍。浮現在瞄準線中央的是突兀地聳立於大地的灰色岩山。上部雖然相當尖銳，但稍微往下的地方可以看見似乎是洞窟的地點。可以爬到那裡的話，應該可以成為很棒的避難所。粗略看來距離應該是七百到八百公尺左右。

放下愛槍後，詩乃就下定決心從倒地的門板上走下來。靴底一踏上乾枯的土壤就發出細微的摩擦聲。這下應該有好一陣子不會回到城裡來了吧。在異常事態得到解決之前，必須靠自己一個人的力量存活下來。

走了十公尺左右之後，就以經過壓抑的速度跑了起來。前方一看到怪物就以遠超過需要的距離繞過去，朝著灌木遠方隱約可見的尖銳岩山前進。

幸好沒有被蠍子與蜥蜴纏上，詩乃順利地抵達目的地。從正下方往上看的岩山，高度大約是十五公尺左右。側面幾乎是垂直，大概只有城裡的那種蜈蚣才能爬上去吧，不過上面也有不少裂縫以及凹凸處等可以作為施力點的地方。詩乃數次開合雙手，同時在腦海裡描繪到達稍微可見的洞窟入口的攀登路線。覺得可行之後就以右手抓住最初的支撐點。靴子的尖端擠進裂縫中然後用力抬起身體。

GGO裡——說不定現實世界也是——狙擊手是「如何確保高處」的職業，所以攀岩根本是家常便飯。VRMMO裡的攀岩訣竅是在疲勞判定出現之前不斷往上爬。當她一次都沒有停下來，一口氣爬了五公尺左右時。

【獲得攀登技能。熟練度上升為1。】

這樣的訊息突然出現在眼前，讓詩乃沒能抓住看好的支撐點。身體迅速往下滑落，千鈞一髮之際左手勾住小小的縫隙才免於掉落。咂了一下嘴後就消除視窗然後再次開始攀爬。

即使熟練度只有1，攀登技能還是有一定的效果，接著詩乃就順利地爬到洞窟入口。一邊小心翼翼地不讓黑卡蒂撞上直徑六十公分左右的微暗洞穴一邊讓身體滑進去。現實世界的話可能會因為不夠深而無法使用，但是遊戲世界裡的話像這種洞穴幾乎不會出現虛有其表的例子。

果然不出所料，洞窟慢慢地變寬並且延續到深處。如此一來就必須考慮到或許是怪物巢穴的可能性，於是詩乃從槍套裡拔出MP7，然後打開安裝在側面導軌上的小型手電筒。白色光芒迅速推開了黑暗。

洞窟是高一公尺半，長三公尺左右的繭型。裡面沒有怪物，地板上也沒有堆積著築巢用的素材。不過深處的牆邊孤零零地放著一只以金屬補強過的木箱。

「…………寶箱？」

詩乃這麼呢喃並且彎腰靠近。以ＭＰ７的槍口戳了戳蓋子，就傳出「喀喀」這種又重又硬的聲響。應該長年放置於此卻完全沒有腐朽的跡象，感覺——這就是它身為寶箱的證據了。這樣的話就只能打開它了吧，這麼想的詩乃準備伸出左手，然後才注意到前面的金屬部分有鑰匙孔。

還是不死心的詩乃試著抬起蓋子，但是卻像是黏住了一樣沒有任何動靜。嘆了一口氣後她就朝鑰匙孔裡窺看。

ＧＧＯ世界裡也存在寶箱——那裡稱為藏寶箱——然後大多是上鎖狀態。而且分為電子鎖與物理鎖兩種類型，甚至有寶箱上了兩種鎖，想打開就必須同時具備開鎖技能與駭客技能。只有物理鎖的話，也有用槍射擊鑰匙孔的粗暴方式但是成功率相當低，不是再也無法打開，就是連內容物一起遭到破壞。

詩乃交互望著右手的ＭＰ７與寶箱的鑰匙孔，然後擊退了賭一把的誘惑。要是浪費了貴重的子彈又連箱子也一起粉碎的話，應該會沮喪好一陣子吧。雖然想至少試試看開鎖，但是庫存在道具欄裡的開鎖工具已經消失了。目前擁有的只有倒楣男人們的遺物與生鏽的菜刀，以及從蜈蚣身上取到的素材。

「…………」

突然有個奇妙的點子，詩乃就用生疏的手勢打開環狀視窗與道具欄。在稀少的持有道具一覽裡選擇【劣質蜈蚣剪刀】，然後只實體化其中之一。

出現的是長十五公分左右的紅黑色螯肢。兩根彎曲的銳利尖刺在底部合而為一。以雙手拿著就能加以開合，不過實在不知道可以拿來當成什麼素材。但現在只要前端是尖的就可以了。

詩乃以其中一根尖刺的前端插進寶箱的鑰匙孔裡。靜靜動了一下就感覺鉤到了什麼。雖然開鎖性能比不上專用的工具，但是寶箱等級不高的話，用這個似乎也有辦法打開。

為了移動鉤住的東西而固執地操作尖刺，眼前就再度出現訊息。

【獲得開鎖技能。熟練度上升為1。】

看來這個世界也存在各式各樣的技能。雖然終於開始覺得不是系統故障，不過目前還是得集中在眼前的鑰匙孔上。

「嗚……可惡……」

細聲咒罵了一句並且持續挖著鑰匙孔三分鐘。在出現解鎖技能上升為2的訊息時，寶箱也傳出「喀嚓」的清脆聲音。蜈蚣的剪刀似乎剛好耗盡耐久度，於是就在詩乃的手裡碎裂了。

詩乃屏住呼吸，靜靜地抬起寶箱的蓋子。隨著細微摩擦聲打開的箱子，裡頭是——一把硬幣、一只老舊的皮袋以及一把生鏽的鑰匙。

詩乃首先撿起只有一枚的銀幣來仔細觀察。直徑兩公分左右的圓盤，和在ＧＧＯ世界裡使用的點數貨幣以及ＡＬＯ世界的尤魯特貨幣都不一樣。其中一面刻著１００的數字，背面則是兩棵樹的浮雕。點了一下後就湧出【１００耶魯銀幣　貨幣　重量０．１】的屬性視窗。

「耶魯……？」

不曾聽過的貨幣名。詩乃聳了聳肩，把剩下來的銅幣全部收納到道具欄裡。接著拿出來的是生鏽的鑰匙。把手部分有著花形鏤空雕刻，算是相當講究的一把鑰匙，但是完全不知道要用在什麼地方。詩乃還是試著點了鑰匙一下。【青銅鑰匙　道具　重量０．72】——情報量幾乎是零。

把鑰匙也丟進道具欄後，詩乃拿出最後的皮袋。沉重的手感加深了期待。是箱子裡沒有看到的金幣，還是強力的魔法道具呢？詩乃打開皮袋袋口把右手伸進去。指尖碰到幾個圓形物體，於是便拿出其中一個。

「…………這是什麼？」

在手掌上發出暗沉光芒的是跟小鋼珠同樣大小的金屬球。這漆黑的質感是鐵，不對，是鉛嗎？怎麼看都不像是高價的物品。看了一下袋子裡面，發現全是相同的珠子。感到沮喪的詩乃不死心地擊點金屬球。出現的屬性視窗裡——

【劣質的毛瑟槍子彈　武器／彈藥　攻擊力　貫穿28・42　重量3・67】

「只是子彈嗎……」

練功區洞窟湧出的寶箱，內容果然不怎麼值得期待嗎？感到失望的詩乃原本準備丟下珠子，但手突然停了下來。

「……毛瑟槍？」

GGO存在這種分類的實彈槍嗎？

根據詩乃的知識，毛瑟槍所指的是前膛・燧發式的原始長槍。雖然是長槍卻不稱為來福槍的原因是槍身內沒有來福線（膛線）的緣故。就技術上來說，大概只比火繩槍進步了一些。

GGO世界裡，設定上是文明水準因為最終大戰而衰退，因此幾乎失去所有高度的金屬加工技術。好不容易才能製造出大部分零件是塑膠的光學槍，再厲害的NPC都無法製造需要金屬衝壓與切削的實彈槍，只能夠在大戰前的都市遺跡裡搜尋。詩乃愛用的黑卡蒂II與MP7也是自己在首都地下的一大片遺跡迷宮裡獲得。

但是從都市遺跡出土的槍就算再古老也是二十世紀初期的樣式，從沒聽過有人發現可以回溯到十七世紀的毛瑟槍。說起來每開一槍就得重新裝填火藥與子彈的話，就連對上最弱等級的怪物都會相當辛苦。

也就是說……

「這個世界有毛瑟槍嗎……？」

這麼呢喃完，詩乃就再次看向右手上的鉛球。幾秒鐘後才將子彈收回皮袋內，然後把開口束緊並且收回道具欄裡。

——雖然沒有出現什麼像樣的寶物，但光是能打開寶箱就算不錯了。

這麼對自己說完，詩乃就靠到呈平緩彎曲的牆壁上。時間是下午六點。看來這個洞窟不會湧出怪物，得先登出然後確認究竟發生了什麼事才行。

但在那之前先休息片刻吧。再五分，不對，三分鐘像這樣待機，進行最後的安全確認後才登出。回到現實世界要先補給水分，然後吃點東西……冰箱裡還有什麼食物呢？記得昨天晚上還剩下一些豬肉味噌湯，把它加熱一下再烤一片祖母送來的黍餅……

詩乃沒有注意到自己不知不覺間已經閉上眼睛，迅速地沉進深沉溫暖的黑暗當中。

突然覺得聽見奇怪的聲音。

像是無數鈴鐺在遠處響起一般，也像是玻璃碎片緩緩落下堆積般虛幻的音色。

數次在眉間用力之後，好不容易才抬起眼瞼。看見的不是自己房間的白色壁紙而是凹凸不平的岩壁。雖然一瞬間不清楚自己身在何方，但立刻就注意到沒有從虛擬世界的洞窟登出而直接睡著了。

視界角落顯示的時間是晚上九點五分。算起來在這裡睡了三個小時。也就是說這個世界不存在檢測出睡眠狀態就自動將玩家登出的自動斷線機能。不對，如果會自動斷線的話可能會躺在身體熟悉的床鋪上睡滿八個小時，所以反而可以說是幸運。

話說回來，依然可以持續聽見的奇妙聲音究竟是什麼，內心這麼想的詩乃同時看向洞窟入口。

下一刻，她的睡意就瞬間消失了。

從太陽應該早就下山的練功區上有鮮豔紫色光芒照射到洞窟裡。那不是夕陽的顏色。宛如紫水晶般的冰冷燐光……而且還不規則地搖晃著。

抱著立在岩壁上的黑卡蒂後在地板上爬行。抵達入口後就先採取臥射姿勢，接著慎重地看向天空。

可以確定是夜晚了。但是看不見星星或者月亮，相對地有光之窗簾層層重疊在一起。極光……奇妙的聲音是從整個空中降下。

突然間，極光產生劇烈晃動，然後可以聽見某個人的聲音。

「種子發芽，開枝散葉，形成環狀大門。被招待至渴望之地的眾人啊，堅守你們唯一的生命吧。承受大量的苦難，在艱難困境中存活，並且最先抵達極光指示之地者將能獲得一切。」

詩乃無法立刻理解像是稚氣未脫的少女，也像是思緒縝密的賢者般的聲音究竟在宣布些什麼。腦袋裡只剩下「極光指示之地」「獲得一切」等單字。

極光應該指的是北極光吧。詩乃再次仔細地凝視夜空，就發現紫色窗簾們呈放射狀並排在一起。中心應該是北，不對，東北方向吧。想正確判斷方位就必須離開洞穴。

詩乃下定決心後準備站起身子。

但是卻辦不到。

當在空中搖晃的極光像是開關被切斷般消失的瞬間，無比沉重的重量就加諸於背上。一瞬間還以為是被人給壓住了，但並非如此。重的是裝備在腰部後面的副武裝ＭＰ７。一秒鐘之前還像小貓般的重量，現在卻像是被獅子給踩住了一樣。

「嗚咕……」

邊發出呻吟聲邊把右手繞到背後，握住ＭＰ７突出槍套的握把，好不容易才把它丟到地上。但是重量仍未消失。愛用的戰鬥服──正式名稱「狙擊手夾克」似乎也超重了。

她以右手打開環狀視窗，操作裝備人偶把服裝移到道具欄裡。連靴子與圍巾都解除之後，身體終於變輕，於是詩乃才鬆了一口氣。

事情應該是這樣吧。從被強制轉移到這個世界的下午五點左右，到謎樣聲音的世界廣播舉行的晚上九點左右，這四小時是裝備重量超重也能夠行動的緩衝期間。但現在已經結束，詩乃的負重界限降低到符合目前等級2的水準。結果就承受不住稀有裝備的MP7與狙擊手夾克的重量了。

以簡樸內衣的模樣站起身子，低頭看向放在地板上的黑卡蒂II。

雖然早知道結果，但還是抓住槍身與槍托試著把它抬起來。但愛槍就像被螺絲鎖在地板上一樣紋風不動。因為它即使在GGO世界裡多數的槍械中也是屬於最重類別——比不上怪獸愛用的迷你機槍砲——的反器材狙擊槍，這也是理所當然的事，所以今後沒有辦法扛著愛槍在荒野裡奔馳了。不對，裝備能力值也不足，所以應該也不能擺設在地面進行射擊了。

她單腳跪在洞窟地板上，靜靜撫摸著黑卡蒂優美的木製槍托。

「……稍微休息一下吧。」

這麼對愛槍呢喃完，就以食指輕敲一下並從湧出的選單裡選擇收納。巨大槍械包裹在光芒中並且消失後，就把另一個搭檔MP7收進道具欄裡，然後嘆了長長的一口氣。當她想以虛擬空氣來補滿變空的肺部，就意識到喉嚨的乾渴。

下意識中想從腰帶上解下小型水壺的左手撲了個空。和求生小刀一樣，水壺也消失不見了。這樣的話，就只能忍耐到可以補給水分為止了。雖說在這樣的荒野要找到水源並不簡單，但是在ＶＲ世界裡喉嚨乾渴也只會感到不舒服，並不會因此而死——

「咦……」

突然注意到視界左上角傳出危險的氛圍，將視線集中在該處後詩乃就輕叫了一聲。

標示著ＴＰ的藍色長條開始一點一點減少。其下方的黃色ＳＰ長條也在減少當中，但減少的速度是ＴＰ比較快。詩乃直覺ＴＰ長條的減少與覺得渴的喉嚨有關。

Ｔ應該是「Ｔｈｉｒｓｔ」的略稱……如此一來就不難想像等長條全部消失時會發生什麼事。倒向地面死亡，裝備道具掉落並且被傳送到某個地方。把愛槍收到道具欄裡就不會掉落應該是過於樂觀的預測吧。

詩乃再次瞪著藍色長條。減少速度大概是一分鐘一％左右。算起來要過一百分鐘才會歸零，但是感覺這種速度會依環境與狀態而變化。離開洞窟尋找水源的話，減少的速度一定會加快。

但就算是這樣，似乎也無法選擇待在這裡不動。極光消失後的夜空點綴著無數星星，一百分鐘內完全沒有降雨的模樣。不自行尋找水源的話一定會死亡。

但還有另一個問題。詩乃現在處於上下只穿內衣加上一條腰帶的狀態。能稱為武器的就只有在遺跡裡找到的生鏽菜刀。光靠這個別說是蜈蚣了，就連一隻老鼠都無法打倒。

「…………兩害相權取其輕嗎？」

輕聲這麼呢喃完就打開道具欄。

她不是要取出黑卡蒂與MP7。只見她捲動短短的道具一覽表，在並排著五個黑色袋子的立體圖標處停下手來。

圖標右側各自標記著「艾爾卡密諾的遺物」「斯特科斯的遺物」「鍊鍊的遺物」「密修卡的遺物」「增岡一郎的遺物」等道具名。如果是從主動打倒的玩家身上掉下來的道具就無所謂，但是對原本打算先幫忙保管的遺物出手就讓人有點不舒服了。

但這樣的猶豫也敵不過刺著喉嚨一般的口渴感。依序檢查袋子內部，尋找等級2的能力值也能裝備的武器與防具。和詩乃一起被傳送到這裡的玩家們看起來都不是菜鳥了，裝備掉寶品所需的能力值應該也不會太低，不過五個人裡面如果有能力構成是極度偏重AGI的玩家，說不定就……

結果是名為斯特科斯的玩家回應了詩乃的期待。包含在掉寶品內的武器「獵戶座SL2」與防具「鼬皮上衣」，即使全部裝備上去也在些許差距下沒有超過重量界限。

立刻把這兩個裝備拖到人偶上，腰帶左側就出現細長雷射槍，身體則是穿上黃褐色戰鬥服。獵戶座雖然是自己不怎麼喜歡的光學槍，而鼬皮上衣的露出度也有點高，但是總比只穿內衣褲加上一把菜刀要好多了。愛用的圍巾因為是超輕量所以就直接留著。

GGO的話裝備槍械後視界右下就會顯示出殘彈數，但這個世界沒有這樣的機能，所以詩乃就拔出雷射槍，確認內藏在槍身內的能源表。目前還剩下六十三％。由於不熟悉這把槍，所以不實際射擊看看就無法得知一發會減少幾成的能源。

把雷射槍放回槍套裡並且關上環狀選單。下一刻，意識到口渴的感覺變得更強烈，詩乃不由得咳嗽了起來。在ＴＰ條歸零之前雖然還有時間，但是在那之前感官方面似乎會先撐不住。好不容易才找到這個避難處，但現在必須離開這裡去尋找水源才行了。

瞄了一眼打開蓋子的寶箱後，詩乃就從狹窄的出入口衝到乾枯的荒野裡。

然後到了現在──同日晚上十點過後。

離開洞窟後已經移動將近一個小時了，詩乃依然無法發現水源。ＴＰ條剩下不到兩成，口渴的程度已經快讓人無法忍受。目標的岩山周邊如果找不到水源，那裡就是自己的喪命之處了吧。雖然希望死亡後還能在某處復生，但是不可思議聲音宣告的「堅守你們唯一的生命」令人相當在意。如果意思是玩家只有一條性命，在緩衝期間已經結束，也不可能復活的現在，死亡的話可能就會把道具遺留在這個世界然後回到ＧＧＯ，最慘的是可能會連虛擬角色都失去。

詩乃是犯下了三個重大的錯誤判斷，才會陷入現在這種危機的狀況。第一個錯誤是好心地想幫忙保管蜈蚣嘴下亡魂的遺物。第二個錯誤是發現洞窟時沒有馬上登出，不小心在裡面睡著了。然後第三個錯誤是離開洞窟時沒有走回遺跡的方向，而是做出更加遠離的選擇──

現在想起來，仔細調查遺跡中的民家，說不定可以找到水井之類的水源。練功區之所以像這樣找不到水源，應該是地圖設計為在遺跡補充飲水後，才在水源耗盡之前探索荒野。查覺到這件事是在TP差不多減少到一半的時候，所以就算想折返回遺跡也沒辦法了。

目標的岩山如果沒有水源的話……不，現在也只能相信自己繼續前進了。事到如今絕對不想犯下被怪物糾纏住這樣的錯誤，於是凝眼看著黑夜持續奔跑著。稍早之前取得了「夜視技能」，所以眼睛在黑夜裡稍微能夠視物，但是光靠星光無法看透物體的陰影。於是詩乃就大大地繞過看起來很像躲藏著蠍子等怪物的岩石，盡可能壓低腳步聲來持續奔跑。

表面長著灌木的岩山終於靠近到前方一百公尺的時候。

詩乃的眼睛和耳朵同時捕捉到重要情報。於是立刻彎下身體。

眼睛所見到的是在岩山底部閃爍搖晃的微光。某種東西反射了夜空中的星光。這樣的荒野裡不可能有金屬與玻璃。那一定是水面不會錯了。

然後耳朵聽見的是類似雷鳴的咆哮。轟天的重低音不可能來自蜥蜴或老鼠。以VRMMO常見的情況來說，能夠發出那種聲音的是大型的——可能還是練功區魔王級的怪物。

詩乃反射性想抓住黑卡蒂II的背帶，但右手卻撲了個空。無法裝備的搭檔已經收納到道具欄裡，目前可以依靠的就只有左腰的獵戶座SL2而已。但是只有輕量這個優點的光學手槍可能跟魔王怪物抗衡嗎？

染上鮮紅色的TP條慢慢只剩下一成左右。繼續這樣猶豫下去，十幾分鐘後也會歸零。現在才去找其他水源實在太不合理了，只剩下在這裡渴死或者賭一把前往岩山兩個選項。

——至少在遊戲裡面展現一下在敵人槍下喪生的勇氣！

過去的GGO裡，曾經對身為雇主的中隊隊長丟出的話突然重新在耳朵深處浮現。詩乃忍不住苦笑了一下後就迅速撐起身體。既然難逃一死，與其脫水而死，寧願跟敵人戰鬥而失去生命。

猙獰的吼叫聲再次響徹荒野。詩乃拔出獵戶座並解開保險。

她持續凝視著一百公尺前方的岩山。既然要戰鬥，至少得看清楚怪物的模樣，在這種距離之下只能看到某種巨大物體在岩山底部動著。

詩乃突然注意到某件事，於是就蹲下來打開環狀選單。她擊點道具欄內的MP7，從副選單將附加零件的手電筒實體化。接著把出現在視窗上的小型手電筒安裝在獵戶座的下側導軌上。重量……還差一點就要超過。雖然連一顆石頭都沒辦法拿了，但在限制內的話行動還是能夠跟空手時一模一樣，這就是VRMMO的好處。

手電筒的性能雖高，光線還是無法照到一百公尺前方。為了更靠近一點的詩乃慎重地前進。她一邊注意雜兵怪物，一邊繞過岩石、鑽過仙人掌，最後把距離縮短到五十公尺。

在遠方時覺得很小的岩山，靠近之後發現也有十層樓建築物的大小。幾乎是垂直聳立的岩壁到處可見藤蔓類植物垂下，也可以聽見潺潺流水聲。看來有些許流水從岩山表面流下，在底部形成了小小的水塘。

確認水源存在的瞬間，詩乃就被特別強烈的口渴感襲擊。脖子被勒住的感覺讓她忍不住輕咳了起來。TP條剩下八%左右……剩下的八分鐘內不喝到水的話就會死亡。

將視線移到岩山周邊，立刻就看見吼聲的主人。矮壯的巨大影子，在岩山底部以逆時鐘方向移動著。簡直就像在保護自己的地盤——不對，實際上就是這樣吧。不想辦法解決那隻怪物就無法喝到水。

在發動決死的特攻之前，詩乃思考過是不是要嘗試發射一發子彈讓怪物盯上自己，然後把牠拖到遠方後再逃走的作戰。就算無法完全甩開，只要讓牠離開岩山一分鐘，應該就能夠喝到水了。

繼續前進的她把距離縮短到剩下三十公尺。對於身為狙擊手的詩乃來說，這已經是令人呼吸困難的近距離，但是用劍戰鬥的桐人與亞絲娜等人接下來還會衝過去砍殺。

大家現在在做什麼呢？是在現實世界裡用功，還是在ALO裡悠閒地升等呢？希望快點回復TP，找到新的避難處然後跟他們取得聯絡。把一連串發生的事情說出來後，桐人可能不會驚訝而是會感到羨慕吧。為了看到他那張臉——

「……我一定要活下去。」

呢喃這麼一句話後，詩乃就把上半身靠到合適的岩石上，然後用雙手架起獵戶座。由於不會出現著彈預測圓，而且這把槍也沒有安裝瞄準鏡，所以必須用原始的照門與準星來瞄準。幸好光學槍的彈道跟實彈槍不同，不會受到風與重力的影響，發射出去的雷射就命中瞄準——正確來說是往下一公分的地方。

從岩山後面現出身影的大型怪物畫出平緩的弧線步行著，然後把頭部朝向詩乃。雖然不論擊中哪個地方都能讓牠盯上自己，但是為了不想浪費能源，還是想擊中可能是要害的地方。

微微動著左手，以指尖觸碰手電筒的開關。點燈三秒鐘後就瞄準目標並且開槍射擊。詩乃深深呼出一口氣，接著吸氣點亮手電筒——

在那之前——

「噠噠噠噠噠——！」的爆炸聲持續響起，嚇了一跳的詩乃整個人縮成一團。那是實彈槍的發射聲，而且是大口徑的。

最先想到的是被蜈蚣襲擊的GGO玩家們為了搶回遺物而追過來了。但詩乃是花了一個多小時從遺跡移動到這裡。沒有被安裝跟蹤器的話不可能追上來。

大型怪物的吼叫聲應證了她這樣的想法。這跟之前似乎是主張自己地盤的遠吠聲不同，明顯是異常憤怒的咆哮。凝眼一看之下，巨軀的各處都落下血液般的紅色傷害特效光。

再次傳出雷鳴般的發射聲。然後這次就看見了。岩山的東南方，從詩乃這邊來說是右側的略高山丘上，有幾道橘色亮光閃爍。一瞬之後，命中怪物胴體左側的子彈產生特效光，巨軀跟著晃動了一下。

特效光雖然立刻就消失了，但詩乃的眼睛還是清楚地看見了怪物的模樣。用一句話來形容就是「恐龍」。

詩乃位於文京區湯島四丁目的自宅公寓鄰接著上野恩賜公園，覺得難得住這麼近的詩乃，有空的時候會到美術館或者博物館去。她最喜歡的是國立科學博物館，對於今年夏天舉行的恐龍展雖然沒太大的興趣，還是隨興地過去參觀了一下。最大的看點是名為「恐手龍」的恐龍全身實物化石，當時詩乃就著迷地看著其巨大的手臂與鉤爪，心裡想著難怪牠的名字會帶有「恐怖的手」的意思。

保護岩山的怪物就跟那隻恐手龍十分相似。像小山一樣隆起的背部、長長的脖子、尖銳的頭部以及強壯的手臂與腿部。但是跟在恐龍展看見的恐手龍想像圖不同，全身沒有長羽毛，而是被凹凸不平的鎧甲般皮膚覆蓋著。體高五公尺，全長大約有十公尺左右。

被大口徑槍械一陣亂射的恐龍雖然暫時腳步踉蹌，但是馬上就重新站穩。把頭朝向攻擊者們所在的山丘，然後發達的前腳在地上撥動數次後才猛然突進。每當不少於五噸的巨軀踢向地面，震動就會傳到詩乃腳邊。

山丘前面是陡峭的懸崖，就連那隻恐龍應該也衝不上去吧。應該趁現在開始第三、第四波同時射擊，但山丘上不知道為什麼卻保持沉默。說起來那些攻擊者究竟是什麼人？如果不是追著詩乃的那支中隊，難道是先跑到這裡來的其他GGO玩家？但是為什麼槍械的發射聲會全部一樣呢？

感到困惑的詩乃，視線前方的恐龍維持突進的速度，強壯的頭部直接撞上懸崖。隨即響起極激烈的地面震動聲。懸崖上出現放射狀龜裂。

恐龍低著頭後退，再次擺出突進的姿勢。這時候終於開始第三次齊射，恐龍隆起的背部爆出幾道紅色閃光。但是長著厚厚突起的背部可能防禦力相當高吧，這次沒有露出腳步踉蹌的模樣。

「吼啊啊啊啊嗚！」

發出劇烈吼叫的恐龍，宛如巨樹般的後腳踢向地面。頭部猛烈撞向懸崖的同一個地方。龜裂到達崖頂，乾燥的土塊開始崩落。

突然有種聽見悲鳴的感覺，詩乃就拚命凝眼看向該處。

一道人影隨著土塊滾落高低差十公尺左右的斜面。懸崖邊緣的一名攻擊者似乎被捲入崩壞當中。

「…………真是的……」

忘記口渴感咒罵了一聲後，詩乃就從躲藏處衝出去。雖然不清楚攻擊者們的身分，但是要排除恐龍喝水的話，和他們合作應該是最妥善的方法了。雖然考慮過趁戰鬥進行中偷偷靠近到泉水附近，但要是被恐龍盯上又被攻擊者們認為是敵人就得不償失了。

在雙手握住獵戶座的情況下往前衝刺，從南側靠近懸崖。掉落的玩家似乎被岩石壓住而站不起來。雖然從崖上開始第四次的槍擊，但是彈數稀少。恐龍完全不當一回事，朝著倒下的玩家舉起長著凶惡鉤爪的右手。

「這邊！」

詩乃一這麼大叫，就先打開手電筒的開關。純白光芒撕裂黑暗，直接射中恐龍的頭部。沒有錯過一瞬間動作停止的空檔，詩乃瞄準黃色眼睛後扣下獵戶座的扳機。

黃綠色光彈隨著「嗶咻！」這種跟實彈槍比起來實在不怎麼可靠的聲音發射，準確地貫穿了恐龍的右眼。

「嘎哦哦哦哦嗯！」

尖銳的咆哮聲。或許是扭動身體太過用力而失去平衡，恐龍猛烈撞上斜面。懸崖再次崩落，大量的土壤與岩石掉落。像鱷魚也像鳥類的頭部雖然出現紅色環狀浮標，但是根本沒多餘的心思去看名字。

放下槍並且關上手電筒的詩乃，跑到倒下的玩家旁邊後，用身體撞開了壓在對方左腳上的大岩石。

「站起來！」

這麼叫完就伸出左手——

結果她的雙眼就瞪大到了極限。

對方不是人類。廣義來說不是類人類，至少在GGO裡不存在這種外表的虛擬角色。

倒在地上的是矮壯身體上全部被茶色羽毛覆蓋，擁有猛禽類頭部的所謂「鳥人」。比在ALO裡出現的哈耳庇厄系怪物更接近鳥類。但是身體上穿著由布料與皮革製成的防具，右手確實地抱著粗糙的步槍。這應該不是玩家或怪物而是NPC吧。

詩乃再次伸出忍不住想回縮的左手。就算外表有七成是鳥，同樣使用槍械者之間應該能互相理解……這種沒有根據的一廂情願能不能傳達給對方知道呢？

鳥人眨了一眨老鷹般的眼睛後，就以左手握住詩乃的手。把他拉起來之後，詩乃的身高還比他高出五公分左右。

「你能跑嗎？」

面對提問的詩乃——

鳥人以甚至不像言語的奇妙聲音回答：

「ㄨㄨㄨㄨ。」

雖然完全不清楚對方說什麼，但已經沒有反問的時間了。撞上懸崖的恐龍猛烈震動身軀來甩落堆積在身上的土塵。

「這邊！」

叫完就開始朝著山丘後方跑去。鳥人也以沒有穿鞋子，宛如鴕鳥般的腳踢向地面追了上來。雖然從左腳落下紅光，但是似乎沒有受到嚴重的傷害。

山丘的直徑是三十公尺，高十五公尺左右的圓形，側面雖然是垂直的懸崖，但某處應該有鳥人們爬上去的道路才對。不對，說不定是飛上去的……雖然一瞬間這麼想，但他的翅膀幾乎都退化了，或者應該說進化成手臂，光靠從肩膀長到手肘的裝飾般羽毛應該沒辦法飛吧。

拚命奔跑時，鳥人突然在後面大叫些什麼。

「ｘｘｘ！」

回過頭去就看到他以長著鉤爪的左手指著懸崖。雖然因為陰暗而看不見，但似乎設置了梯子之類的東西。把身體傾倒到極限後往左轉彎，接著跳上梯子。那不是臨時的繩梯，而是以確實打進牆面的木樁來作為腳墊。這也就是說，鳥人們不是今天晚上偶然攻擊那隻恐龍，而是至今為止已經多次嘗試從這座山丘上攻擊了。

詩乃一邊這麼想，一邊全速爬上梯子。由於獵戶座已經放回槍套內，如果鳥人從下方攻擊的話將會來不及對應，但應該不會到了這個時候才背叛吧。

這樣的預測果然成真，詩乃沒有受到妨礙就爬上十五公尺的梯子。山丘上只長著稀疏的矮樹，其他大部分是岩石與沙子。找不到稍微懷抱著希望的水源。ＴＰ條只剩下四％。

原本忘記的口渴感增加了數倍後重新復甦，詩乃當場跪了下去。接著以沙啞的聲音對遲了幾秒後才抵達山丘上方的鳥人問：

「你有水嗎……？」

但鳥人只是露出困惑的表情眨著眼睛，即使看向他的身體，發現皮帶上也只掛著兩個道具袋般的物體，似乎沒有水壺。如果是ＮＰＣ的話應該無法使用道具欄，現在能看見的就是他全部的裝備。

也就是說，在四分鐘……不對，三分幾十秒內不打倒恐龍並且抵達岩山底部的話，詩乃就會死亡。

——哪能死在這裡！

詩乃打起精神站起身子。搖搖晃晃地跑向岩山西側。結果立刻就看見幾道沿著崖邊站立的人影，不對，是鳥影。他們背對著這邊，正以步槍對準懸崖下方。應該是準備對恐龍發動第五次齊射，但是……

恐龍顯示在詩乃視界下方的ＨＰ條仍然維持在八成左右。算起來一次齊射甚至沒辦法減少一成。只要待在這座山丘上確實就不會受到恐龍的直接攻擊，但能夠瞄準的也只有受到厚厚皮膚覆蓋的背部，所以無法給予太大的傷害。從道具袋的大小來看，他們剩下來的子彈應該也不多了。

「等等！」

詩乃一這麼大叫，橫向排列的鳥人們背部就震動了一下，脖子附近的羽毛整個倒豎。鳥人迅速轉身，把槍口對準詩乃並且大叫：

「ㄨㄨㄨ？」

「ㄨㄨㄨㄨㄨ！」

詩乃立刻舉起雙手同時拚命地對他們說道：

「我不是敵人，希望能幫忙你們打倒那隻恐龍！」

「ㄨㄨㄨ！」

比同伴高了一顆頭的鳥人如此大叫著回答，然後重新架起步槍。看來是完全無法理解詩乃的話。

ＴＰ條只剩下三％。

——到此為止了嗎？

當詩乃的肩膀失去力量時，整座山丘就隨著爆炸性的衝擊聲劇烈晃動了起來。恐龍再次用頭部撞擊了山丘。懸崖邊緣大量崩壞，鳥人們發出悲鳴並且飛退。恐龍的咆哮震動著夜晚的空氣。

這道聲音喚醒了詩乃幾乎快要耗盡的鬥志。

等死掉後再絕望就可以了。只要ＴＰ還剩下一丁點，我就要為了生存而掙扎。把己身的意志傳達給鳥人們，然後合力打倒怪物。一定有完成這件事的辦法才對。

桐人在這種時候會怎麼做呢？一定不會倚靠言語吧。他總是以行動——充滿壓倒性意志力的劍光來鼓舞眾人。詩乃雖然沒有劍，但是有搭檔。在這種狀況下能夠倚靠的就只有她了。

她迅速以右手打開環狀選單並移動到道具欄。擊點數小時前收納進去的愛槍名稱，選擇將其實體化。

一看見出現在視窗上的巨大反器材步槍，鳥人們就發出驚訝的聲音。他們的槍是適合詩乃在遺跡發現的子彈，也就是舊式的毛瑟槍，跟現代製槍技術結晶的黑卡蒂Ⅱ根本無從比較。不過說起來鳥人會使用槍械本來就是件很奇妙的事，所以現在應該趁他們被嚇破膽時讓他們順著自己的意思來行事。

「你還有你！從左右兩邊支撐住槍身！」

詩乃指著似乎是領袖的高大鳥人以及站在他身邊的另一個人並這麼大叫，結果他們就一起歪起頭來。那種動作看起來真的像鳥一樣，詩乃一瞬間差點就要笑出來，好不容易才忍住並且再次大叫：

「快一點！必須趁恐龍用頭衝撞還在頭昏時射擊才行！」

但是鳥人們完全沒有動靜。言語果然完全無法溝通。GGO裡也存在使用謎樣語言的人造人NPC，但是從任務中獲得言語轉換晶片之後就能用日文溝通。應該也能利用類似的手段跟鳥人們談話才對，但現在根本不可能去尋找這樣的任務。

「拜託，只要幫忙支撐就可以了！」

當詩乃第三次發出聲音時。從背後衝進視界的嬌小身影——詩乃拯救的鳥人就以右肩扛起黑卡蒂長大槍身的中段。下一個瞬間，藉由視窗的維持狀態結束，巨大重量壓到鳥人的肩上。

鳥人發出「咕哇」的悲鳴，詩乃也急忙把手朝愛槍伸去。雖然以右手撐住木頭槍托，左手撐住槍身，但是用上兩個人的力量也只能不讓它掉落到地上而已，根本無法把它運到懸崖邊。

TP條剩下兩%。

「嗚……咕唔唔……！」

詩乃一邊發出呻吟一邊拚命想把超過重量限制的反器材步槍往前方移動。HP條右側的紅色砝碼符號劇烈閃爍。眼前打開小小的視窗，顯示出【獲得強健技能。熟練度上升為1】的訊息，但現在根本沒空理它了。

扛著槍身的鳥人似乎也擠出全身的力氣，但是身體卻反而逐漸往下沉。每次掙扎就會有小小的羽毛從肩膀脫落，最後甚至加上了傷害特效。

詩乃的努力也抵達界限，整個人快要從膝蓋崩落的瞬間——

巨大的手確實地握住了槍身前端附近。

砝碼圖標的閃爍趨緩。抬起頭後眼神一瞬間跟鳥人領袖相對。

「ㄨㄨ－！」

領袖似乎叫了些什麼，然後用力抬起槍身來放在左肩上。雖然超重狀態仍未解除，但這樣總算可以搬運了。

三個人搖搖晃晃地前進，把巨大步槍移動到懸崖邊。雖然想打開黑卡蒂的兩腳架將其設置在地面，但是這樣就無法瞄準底下的恐龍了。

「蹲下來就這樣撐住！」

雖然言語應該無法溝通，但兩名鳥人還是迅速跪到地上。詩乃用盡吃奶的力氣把黑卡蒂貼在臉頰上，然後把槍口微微向下。

但恐龍這時候已經從身體衝撞後的踉蹌狀態恢復過來。牠依然把看起來很強壯的頭朝向這邊，然後開始慢慢後退。是下一次衝撞的準備行動……不妙。現在懸崖被撞的話，可能會連同黑卡蒂一起滾落山崖。

形狀是圓環與柱子組合起來的ＨＰ條，固有名稱也是以片假名標記。「史提羅克法羅斯」——聽起來確實像恐龍的名字，但完全搞不懂意思。

恐龍史提羅克法羅斯的頭受到厚厚的甲殼狀裝甲保護，說不定連黑卡蒂都無法粉碎。而且最重要的是，在超重的狀態下硬是開槍射擊幾乎不可能瞄準並且射中頭部。

這麼一來就只能瞄準巨大的胴體，可以的話希望可以射中心臟。但是史提羅克法羅斯不要說腹部了，似乎連側面都不打算露出來。從背部真的可以貫穿心臟嗎？

ＴＰ條殘量剩下一％。詩乃的生命再過六十秒就要終結。

「……開槍了！」

詩乃從比荒野的砂石還要乾燥的喉嚨裡擠出簡短的一句話。

但在她的手指放到扳機之前，支撐槍口的鳥人領袖就迅速舉起右手，開口大叫了些什麼。

「ϰϰϰϰϰ！」

伙伴的鳥人們並排到詩乃左右，再次架起毛瑟槍。連膛線都沒有的舊式槍械，最多就只能傷到恐龍的表皮，根本無法擊中牠的心臟。但是領袖的「ϰ！」聲音響起的瞬間，鳥人們就一起扣下扳機。

裝設在擊鐵前方的火石摩擦觸發桿後產生火花，火花再點燃火藥池裡的火藥。隔了短暫的時間後，槍身中的火藥炸裂，傳出「噠嗯——！」的槍聲。

同時發射的子彈幾乎都沒有命中恐龍。相對地刨開腳邊的地面，噴灑出大量的火花特效。

「吼耶啊啊啊！」

吼叫的史提羅克法羅斯以後腳站立，並且高高地舉起雙臂。沒有被厚厚皮甲保護的泛白肚子露了出來。

——就是現在。

詩乃透過瞄準鏡瞄準應該是史提羅克法羅斯心臟的地方，毫不猶豫就扣下扳機。足以讓毛瑟槍變得像玩具一般的巨響。從槍口制退器迸發出橘色火焰。即使用上三個人的力量也無法壓抑強烈的反作用力，詩乃與兩名鳥人連同黑卡蒂一起被吹到後方。

但就算是這樣，詩乃還是確實看見了。發射出去的.50BMG彈貫穿史提羅克法羅斯胸口正中央，令其噴出龐大傷害光芒的模樣。

當詩乃他們從背部跌落到地面的同時，史提羅克法羅斯的HP條就開始以猛烈的速度減少。HP持續地減少，顏色從黃色變成紅色——最後歸零。

從懸崖下方傳來巨軀崩落到地面時的震動。眼前出現【Sinon的等級上升到16】的訊息視窗。「16……？」，對這樣的等級感到驚愕的時間極為短暫，詩乃立刻就對TP條說不定會隨著升級回復而有所期待。但很可惜的，變得像絲線一樣細的TP條沒有回復到右端的模樣。

距離歸零還有四十……不對，三十秒。

詩乃以震動的手指擊點就躺在右側的黑卡蒂，把它收回道具欄裡。

以這個動作為契機，鳥人們一起高舉起毛瑟槍發出尖銳的叫聲。在附近跌坐於地上的領袖與詩乃拯救的鳥人也站起來加入歡喜的行列。

但是詩乃根本沒有時間觀看這樣的景象。當然也沒有時間走下後方的樓梯。

站起來的詩乃往前方的懸崖跑去。甩開恐懼感從十五公尺的高度一躍而下。已經上升到等級16，單純的落下可能還可以撐得住，但詩乃不打算冒這麼大的風險。她的目標是橫臥在地上的史提羅克法羅斯屍體。

雙腳從看起來比較柔軟的側腹部著地，一邊彎曲膝蓋一邊往斜前方滾動盡可能吸收衝擊。聽桐人說The seed規格的ＶＲＭＭＯ裡，從高處落下時一般的著地與擺出受身姿勢的著地受到的傷害量會有所不同，所以在ＡＬＯ裡確實地練習過了。託練習的福ＨＰ條只減少一成左右，但是ＴＰ條卻真的只剩下一丁點。

從恐龍的側腹部滑下去後站到地面。不知道是受腎上腺素還是真的受到系統效果的影響，感覺世界開始模糊。距離岩山底部閃閃發亮的泉水還有大約兩百公尺的距離。衝刺的話大概十幾秒鐘就能到達。

詩乃咬緊牙根並踢向地面。一步、兩步，到了第三步準備開始全力奔馳時……ＴＰ條無聲地消失了。

至今為止最嚴重的口渴感變成火焰焚燒著喉嚨。聳立的岩山變成雙重影像，詩乃忍不住閉上眼睛。

——在這裡結束了嗎……

一邊迎接死亡的降臨，詩乃一邊對道具欄裡的黑卡蒂Ⅱ說道。

——如果掉了，我也絕對會把妳拿回來。

身體開始失去力量。整個人往前撲倒到地面。混雜著小石頭的沙子觸碰到臉頰。虛擬角色變成藍色多邊形後四散……………

結果沒有出現這種情形。

相對地，詩乃看見視界左上角的HP條開始減少。也就是說，TP條歸零也不會立刻死亡，HP似乎會從那個時候開始減少。倒在地面的詩乃瞬間瞪大眼睛並且呢喃：

「……那一開始就說清楚啊。」

由於沒有人回答，她便霍然撐起上半身。雖然暫時免於死亡，但沒有時間閒晃了。HP條以眼睛能清楚辨認的速度不斷減少，重新獲得的緩衝時間最多也只有一分鐘。

此時視界依然是雙重影像，這似乎是顯示即將死亡的特效。搖搖晃晃地站起身子，再次開始朝著岩山跑去。被小石頭絆倒幾次還是在花了三十秒跑完兩百公尺的距離，這時HP條已經剩下不到一半。

岩山底部盛開著動人的花草，它們後方的清澈水面正在搖晃。如果出現這其實是個毒沼的結局，自己一定要找出這個謎樣世界的營運者並且把他射成蜂窩，內心如此發誓的詩乃橫越花田後跪到池畔。

由於沒有杯子，她便將雙手插進池子裡。撈起冰冷到嚇人的水，把它抬到嘴邊之後完全不試味道就一口氣喝光。

「啊…………」

嘴裡發出沙啞的聲音。詩乃急著再次撈起一口水來喝下。然後不斷重複同樣的動作。

雖然ＨＰ條停止減少，ＴＰ條慢慢開始回復，但是有股強烈到可以無視這些數值變化的復生感擴展到全身。最後覺得用手撈水太過麻煩，直接用嘴巴靠著泉水，像動物一樣消除口渴。

看來有一段時間無法離開這座岩山，很想乾脆蓋房子在這裡住下來。內心這麼想的詩乃沒有注意到ＴＰ條已經回復，只是不停地把水往喉嚨裡送。

2

我和亞絲娜、莉茲貝特、西莉卡就讀的所謂「歸還者學校」，是修改因為合併、統合而廢校的公立高中校舍而成。

因此校園內的構造特別複雜，有好幾個不知道存在就無法抵達的RPG遊戲般地點。我現在所站的小綠地就是其中之一，必須爬上教室棟二樓後走到走廊盡頭，從緊急逃生門走下外部樓梯沿著綠籬走一陣子，穿越很容易忽略的狹窄縫隙才能夠進入。

被高大的綠籬與教室棟、圖書館棟包圍的綠地是長寬約十公尺的正方形，稍微隆起的中央部並排聳立著雨樹以及白檀，其周圍則點綴著季節的花草。地面覆蓋柔軟的草皮，而且幾乎看不到雜草，所以一定有人在維護，但是我從未看過維護者的身影。

今年入春剛發現此處後，我和亞絲娜就把這裡取名為「祕密庭園」並且隱瞞情報，之後被莉茲貝特察覺異狀，所以現在她跟西莉卡也會利用這個地方。而目前站在我身邊的這個成為第五名——不對，包含身分不明的管理者的話就是第六名「知情者」的人物，正一邊環視四周一邊以獨特的聲音表示：

「哦~這是個很棒的約會地點耶。帶我過來真的沒關係嗎？」

「有什麼辦法，誰教妳以嚇死人的方式登場……」

忍不住如此反駁到一半，隨即不停地搖頭。

「不對，這裡不是什麼約會地點，所以帶妳過來完全沒問題。」

「什麼嘛~這麼久不見了卻淨說些冷淡的話耶，桐仔。可以來個重逢的擁抱喲？」

丟出這樣的台詞並且攤開雙手的是黑色水手服上加了卡其色運動外套，還揹著一個小小背包的嬌小女學生。說是嬌小也只比亞絲娜矮一點，跟西莉卡並排的話應該比她高一兩公分吧。跟經常碰面的時期比起來，身高似乎長高了一點……這就表示原本認為比我年長許多的她，在當時也是成長期嗎？然後說不定現在也是。

「老鼠」亞魯戈。

在浮遊城艾恩葛朗特被如此稱呼的高超情報販子，在短短數十分鐘前突然出現在歸還者學校的我們教室裡。男女比例完全失衡——當然是男生比較多——的這座學校裡，陌生女孩子穿著其他學校制服登場怎麼可能不受到矚目。在被班上的男生們包圍之前，我就拉著亞魯戈的手從教室裡逃出來，但是現在才剛到午休時間，走廊上到處都是學生，所以只能來這片綠地避難。但一旦只有兩個人獨處，就湧起了另外一種緊張感。

我一點一點跟笑著攤開雙臂的亞魯戈拉開距離。

「還……還是等下一次吧。」

「怎麼還是一樣膽小呢，桐仔。」

「我就是膽小啦！倒是……說起來，妳為什麼會在這裡？」

我好不容易提出最初的問題後，亞魯戈就把攤開的雙手伸進運動外套口袋裡，並咧嘴笑了起來。我忍不住認真地凝視著她的臉龐。

褪色捲髮下的臉龐，確實長得跟艾恩葛朗特裡熟悉的「老鼠」一模一樣。但或許是受到兩頰沒有老鼠鬍鬚的彩繪，或者是將近兩年……不對，從死亡遊戲開始時算起已經過了長達四年的時間所影響，她的模樣變得成熟許多。老實說，我在艾恩葛朗特首次跟老鼠接觸時，不由得浮現「究竟是男是女？」的想法，但現在眼前的人物就算沒有穿水手服也明顯是女性，甚至讓我猶豫是不是該跟以前一樣以「妳這傢伙」來稱呼她。

不知道是不是看穿我這樣的膽怯，亞魯戈臉上浮現出調侃的笑容，然後再次縮短距離並且說道：

「哪有為什麼，當然是因為轉學過來了啊。」

「啥……啥啊啊啊？」

忍不住這麼大叫，但又急忙閉上嘴巴。我壓低音量，再次開口問道：

「妳說轉學……為什麼從ＳＡＯ解放出來都過兩年了才轉學呢？而且在這之前，妳為什麼完全沒有跟我聯絡？我還以為妳已經……」

雖然沒有辦法繼續說下去，但亞魯戈卻帶著笑容震動著嬌小的肩膀。

「我怎麼可能會掛掉呢。說起來，你自己還不是沒跟我聯絡。憑桐仔的人脈，應該很容易就能入手我在現實世界的情報了。」

「…………」

確實是這樣沒錯。

ＳＡＯ時代，我不清楚亞魯戈的本名、地址和電話號碼，但是知道「Ａｒｇｏ」這個角色名稱。把它告訴總務省假想課的菊岡誠二郎的話，應該可以從使用者登錄檔案裡找出各種情報才對。

但不僅限於亞魯戈，我沒有積極地去調查在ＳＡＯ裡認識又不確定生死者的下落。在第七十五層魔王戰順利存活下來的攻略組眾人應該平安登出了，至於除此之外的——比如西田先生，或者是牙王、涅茲哈、馬霍克爾等人的生死，我到現在都不清楚。之所以沒有去調查，是因為很害怕。害怕從菊岡口中聽見該名玩家沒能生還的事實。

因為同樣的理由，我興不起調查亞魯戈現實世界情報的興趣。當我準備為了自己的怯懦道歉而準備低下頭——但是……

亞魯戈用跟ＳＡＯ時代差不多的速度縮短距離，豎起右手的食指和中指戳在我的額頭上並且用力把頭推回來。

「喂喂，我可沒要你道歉喲。只是想說我們都沒有聯絡對方。桐仔沒有改名字就在ALO和GGO裡大鬧了一番，我願意的話也能跟你取得聯絡。」

移開手指的亞魯戈後退了一步。我摸著額頭，同時猶豫好一陣子該如何回應，最後就直接問道：

「沒錯……妳為什麼不來ALO？以妳這傢伙的個性，不可能會從此害怕完全潛行機器吧？」

「你太小看我了吧。」

苦笑著這麼說完之後，亞魯戈再次把雙手伸進口袋，然後前後搖晃纖細的身體。

「嗯～其實有很多理由啦。我也不是完全沒興趣喲。聽見ALO裡可以復活舊SAO的角色時，真的差點忍不住……但是呢，就算再次在ALO裡掛起情報販子的看板，感覺也不會有像那時候那樣的動力了……」

「……這我也不是不能理解……」

雖然用這種說法，但其實我非常了解她的想法。

Sword Art Online刀劍神域是瘋狂天才茅場晶彥所創造的真正異世界，被關在石頭與鋼鐵的浮遊城裡的眾玩家，被強迫在「HP歸零就等於真正死亡」的恐怖規則下，以完全攻略遊戲為目標。

幾乎沒有一天不感到恐懼、絕望、焦躁與悲傷。但是那並非一切。升級時的歡喜、獲得稀有道具時的興奮、打倒魔王怪物時的痛快都是和ＳＡＯ之前玩過的遊戲完全不同的真正感情。雖然不願意承認，但就算我覺得現在主要遊玩的ＡＬＯ是無比的歡樂，還是沒辦法像ＳＡＯ時那麼認真了……

甩開剎那間的感傷，我再次提出問題。

「……那這兩年來，妳都在哪裡做些什麼？」

「當然是在老家當學生呀。」

「…………啊……」

聽她這麼一說就覺得確實是如此。我在攻略完ＳＡＯ之後，雖然發生了許多事情，但基本上也是「在老家當學生」。

「妳老家在哪裡？還有妳是幾年級啊？」

聽見這些問題，亞魯戈突然就對我伸出右手。

「兩個問題要一千珂爾喲。」

「嗯嗯……」

在準備要從制服口袋抓出一千珂爾金幣，回過神來才停下動作的我面前，亞魯戈露出了愉快的笑容。

「喵哈哈哈……開玩笑的啦。老家在神奈川的左下方，學年是高三喲。」

「左下……」

我這麼呢喃，同時在腦袋裡攤開神奈川縣的地圖。在西南部的有小田原、箱根、熱海……已經是靜岡了嗎？不論如何，跟東京絕對不算近。然後高中三年級的話就是長我一個學年，跟亞絲娜和莉茲一樣半年後就畢業了。

「……為什麼現在才轉學到這裡來？」

「嗯嗯～～」

發出簡短的沉吟聲後，亞魯戈就說了句「好吧」並聳肩，然後把手伸向揹著的小型背包。靈巧地反手打開口袋取出四角形盒子。從黃色皮革製的盒子裡拿出一張灰色卡片來交給我。

接過來的那個就是所謂的名片。我的眼睛被印在中央的名字吸引過去。

「帆坂……朋……這是本名？」

「抱歉喔，有個不像本名的名字。」

「沒……沒有啦，我不是這個意思……只是沒想到妳會如此輕易就告訴我本名……」

「既然轉學過來了，也沒什麼好隱瞞的吧。」

我的視線從稍微噘起嘴的亞魯戈，也就是帆坂朋的臉龐移回名片上。

名字右下方印著電子信箱與手機號碼。然後左上角是職稱。凝眼一看之下——上面寫著「ＭＭＯToday　記者／調查員」。

光聽見我驚訝的聲音就察覺我對什麼有所反應般，亞魯戈輕輕點了點頭。

「咦，真的假的？」

「真的喲。」

「ＭToday的記者……那我看的新聞裡有些就是妳寫的嗎……？」

「或許吧。」

「等等，但是ＭToday基本是以The seed的新聞為主吧？沒玩過也可以寫新聞嗎？」

「我負責的不是個別的遊戲，而是The ssed連結體的綜合新聞還有硬體方面。嗯，偶爾也會創角色進行潛行，不過取材結束後就立刻砍掉了。」

「哦……」

吐了長長的一口氣後，我再次看向亞魯戈的臉。比我年長一歲這件事沒有讓我受到太大的衝擊，但聽到她現在是ＶＲＭＭＯ界最大網路媒體的ＭＭＯToday的記者，就讓我這個甚至沒打過工的一介學生感到相當大的差距。

「……看來以後不能用妳這傢伙來稱呼妳了……今後要改用帆坂小姐……」

「別這樣！輕鬆一點就可以了啦。」

一臉認真地說完後，亞魯戈就對著我抬起下巴。

「然後呢？只叫我報上本名，你自己不說嗎？」

「嗯？啊，噢……」

這時候才終於發現我還沒說出自己真正的姓名。雖然這時候再自報姓名實在有點不好意思，但我也沒有名片，所以也沒其他辦法了。

「呃……我叫桐谷和人。今後請多指教。」

「嗯，請多指教。」

亞魯戈咧嘴笑著並伸出右手。這次手掌是直向，所以應該不是跟我要情報費。於是我畏畏縮縮地伸出手來跟她握手。

透過強力被握住的手感覺到己身之外脈動的那個瞬間——

「……真的還活著呢。」

原本實在無法說出口的話語就這樣從口中掉落。

結果亞魯戈也浮現帶著另一種言外之意的溫柔微笑說道：

「都是託桐仔的福。其實我總覺得自己活不到一百層。如果不是桐仔在第七十五層就攻略了遊戲，我一定不知道在什麼地方就掛掉了。」

「不光是我一個人的力量……」

突然被胸口揪緊的感覺襲擊，好不容易才開口回答她。實際上，能在艾恩葛朗特第七十五層打倒希茲克利夫——茅場晶彥，是因為許多玩家支持、鼓勵、引導我才能完成的結果。而眼前的亞魯戈當然也是其中一個。

——她還活著真是太好了。

深切地體認著這一點並且放開手。深吸了一口有森林味道的空氣，然後把殘留在胸口的感慨一起呼出之後，才把話題拉回來。

「那麼……亞魯戈轉學到這裡的理由，和擔任MToday記者這件事有什麼關係呢？」

「啊，關於這個嘛……」

但亞魯戈這時候就閉上嘴，朝「祕密庭園」唯一出入口的綠籬間隙看去。幾乎在同一時間，我也聽見輕快的腳步聲。

幾秒鐘後，衝進綠地的是右手上握著手機的亞絲娜。移動到這裡的路上，我已經先傳了訊息給她。在草皮上停下腳步的亞絲娜先看了我一眼，然後把視線移到旁邊的亞魯戈身上——

「……騙人……」

然後這麼呢喃。瞪大的栗色眼睛在透過樹葉縫隙的陽光照射下閃閃發亮。亞魯戈也眨了眨眼睛，然後舉起右手開合了一次。

「嗨，一切都還好嗎，小亞……」

但是她沒能把話說完。以宛如被ＳＡＯ時代的「閃光」附身般的速度猛衝過來的亞絲娜，全力抱住了比自己矮一點的亞魯戈。我好不容易才在空中接住從亞絲娜右手滑落的手機。

亞絲娜把臉埋在亞魯戈的肩口，接著以細微的聲音說：

「我一直相信……我們絕對會再次見面。」

「……抱歉這麼長一段時間都沒聯絡呀，小亞。」

對著亞絲娜這麼呢喃的亞魯戈，溫柔地拍了拍她穿著襯衫的背部。然後兩人的身體才終於分開，亞絲娜仔細地望著亞魯戈的臉一陣子後，才說出十幾分鐘前我剛提過的問題。

「那麼……亞魯戈小姐為什麼到這裡來呢？」

歸還者學校的午休時間是十二點四十分開始到一點三十分的五十分鐘。以高中來說算是長的了，但仍不足以盡情地閒聊過去的往事。而且怎麼說也還是在成長期，不吃午飯實在是相當痛苦的修行。

因此我事先傳了「到學校餐廳買三人份的食物，然後到祕密庭園來」的訊息。亞絲娜買來的是潛艇堡，其中一個夾了卡芒貝爾乾酪&火腿&芝麻菜，第二個夾著奶油起司&煙燻鮭魚&番茄，最後一個則是蝦子&酪梨&羅勒。在白檀樹下鋪上極薄塑膠墊後坐下來，亞絲娜就給亞魯戈優先選擇的權利。

「亞魯戈小姐，選妳喜歡的吧。今天我請客。」

「哎呀，這怎麼好意思呢……」

面對推辭的亞魯戈，亞絲娜笑著遞出三個潛艇堡。

「不用客氣喔。當我跟桐人在第二十二層購買森林小木屋時，亞魯戈小姐也幫忙完成任務。這是那個時候的謝禮！」

「……啊，確實發生過這種事呢。」

很懷念般瞇起眼睛後，亞魯戈就露出燦爛的笑容。

「那我就不客氣嘍。我……選這個。」

說完就伸手去拿的是夾著煙燻鮭魚的潛艇堡。由於轉過頭來的亞絲娜對著我問「桐人要哪一個？」，我便思考這兩個的話亞絲娜應該會選擇酪梨，於是回答「火腿起司！」。

這算是我的壞習慣，明明從ＳＡＯ裡解放出來已經過了兩年——然後在那個世界和亞絲娜一起生活只有短短兩個星期，還是無法拋開兩個人共有道具欄時的習慣，這種時候很容易就忘記付亞絲娜幫我墊的費用。剛接過潛艇堡才終於注意到這件事，於是急忙拿出手機。因為亞絲娜也買了三人份的冰紅茶，我就在結帳應用程式裡輸入加上這些費用後除以二的金額，然後讓亞絲娜的手機讀取顯示的條碼。雖然使用Augma就能輕鬆完成個人間轉帳，但急忙衝出來的我把它放在教室的包包裡了。

當我想到這裡的瞬間。

「……啊！」

我在右手拿著手機左手拿著潛艇堡的情況下發出叫聲。

這次的午休已經決定好在餐廳和莉茲以及西莉卡一起討論昨天震撼The seed連結體的異常狀態。而且這場會議連在大宮的高中念書的直葉，還有就讀於上野附近高中的詩乃也預定戴上Augma來參加，現在她們應該等不及我和亞絲娜前往餐廳了吧。

面對整個人僵住的我，亞魯戈露出了納悶的表情，不過亞絲娜則是以「真拿你沒辦法」的模樣開口說：

「果然忘記了嗎？別擔心，我已經聯絡大家希望把會議延到放學之後了。」

「這……這樣啊……給妳添麻煩了……」

在我道歉之後，亞魯戈也輕縮起脖子。

「哎唷，你們兩個人本來有事嗎？那真是不好意思啦。」

「沒關係，反正我原本就覺得只有午休時間完全不夠了。」

如此回答的亞絲娜把裝冰紅茶的杯子遞給我們。

「我們還是快點開動吧。都快餓扁了。」

關於這一點我當然也同意。於是急忙打開包裝紙，從食材滿出來的邊緣大口咬下。餐廳內的輕食攤是由本地的熟食店經營，雖然沒辦法說是剛出爐，但潛艇堡的外皮相當香蔬菜也很新鮮。默默吃了兩三口之後又喝了口紅茶把食物吞下肚。

亞魯戈也瞬間吃掉半個，然後以滿足的表情做出評論。

「這不是學校麵包的水準呢。轉學到這裡果然是對的。」

「餐廳的食物也都很好吃喔……不是啦……」

輕咳了一聲後，我才再次丟出遭到中斷的問題。

「差不多該告訴我們亞魯戈在這個時期轉學過來的理由了吧。」

「時期沒什麼好奇怪的吧。這個學校分為上下學期來招收轉學生，今天是下學期的入學日啊。」

「咦，是這樣嗎？這樣的話……乾脆就別用三學期，改採兩學期制不就好了……」

「這樣寒假會消失喲。」

「當我沒說過。」

看見立刻這麼回答的我，亞絲娜就一邊發出輕笑一邊做出解說。

「這間學校是今年八月才開始有轉學生制度的。所以暑假結束時好像已經來不及，緊急變成從九月底開始招收。亞魯戈小姐算是轉學生第一號吧。順帶一提，聽說即使不是前ＳＡＯ玩家也能夠轉進來。」

「這樣啊……但是——會有普通學校的學生特別轉學到這裡來嗎？社會大眾好像把這裡當成隔離設施吧……」

「關於這一點呢，因為這裡是職業學校，所以有許多實作的課程對吧？而且是學分制，可以選擇真正有興趣的課上……這些事情經過媒體報導之後，對本校有興趣的人似乎變多了。我們班上也有轉學生。那個女孩子就是這麼說的喔。」

「這樣啊……那亞魯戈也是因為同樣的理由……」

當我說到這裡，我才注意到一件事。

預定和莉茲她們討論的異常事態——大量玩家被從無數的The seed規格遊戲裡強制轉移到同一個世界的「Unital ring」事件，是在昨天也就是九月二十七日發生。

然後在ＭＭＯToday寫The seed連結體相關新聞的亞魯戈突然轉學過來的今天是九月二十八日。

這是偶然嗎？剛才亞魯戈說過「是下學期的入學日」，但我不認為這是唯一的理由。

「亞魯戈，妳這傢伙難道是因為Unital ring才……」

當我說到這裡，亞魯戈就迅速舉起左手的食指戳著我的嘴角。

「哎呀，別這麼急嘛，桐仔。我會好好說明，而且現在時間也不太夠。你剛才說過放學後要開會之類的，到時候我也可以參加嗎？」

「咦……咦咦？」

我忍不住跟亞絲娜面面相覷。

ＳＡＯ時代，亞魯戈雖然以情報販子的身分對死亡遊戲的攻略做出很大的貢獻，但是中層以後就貫徹居於幕後的做法，連我見到她的機會都變得很少。西莉卡和莉茲或許聽過她的名字，但她們應該沒有買賣情報的經驗，至於莉法與詩乃則是完全沒有交集。

但是現在想起來，莉茲她們跟莉法也是一年半前才認識，詩乃更是在短短九個月之前。但現在卻像是老朋友一樣熟稔，所以和亞魯戈應該也能夠打成一片才對。我和亞絲娜互相點點頭然後重新轉向亞魯戈。

「當然可以嘍……不過，怎麼說呢，妳可別胡言亂語啊。」

「怎麼樣叫胡言亂語？」

「這個就要交給妳的良心去判斷了。」

一臉認真地這麼請求完後，我再次吃起剩下的潛艇堡。亞魯戈和莉茲貝特她們應該能成為好朋友才對……即使如此相信，內心還是被某種不祥的預感襲擊。

下午三點三十分的班會時間結束之後，我就迅速離開教室，急忙趕往第二校舍三樓北端的電算機教室。

雖然是名字聽起來相當有威嚴的教室，不過只是這棟建築物仍是都立高中時曾在這裡進行過情報相關課程，並非有什麼巨大的大型電腦在此坐鎮。而且當時設置的桌上型電腦現在幾乎都已經撤走，所以甚至有種名不符實的感覺。

修了機械電子學的我和兩名修同一門課的男學生組成研究小組，正式向學校借用電算機室作為研究室。我們三個人各有一把教室的鑰匙，不過另外兩個人說今天要去秋葉原購買零件，我便趁著這個機會在這裡舉行會議。

跑過走廊爬上樓梯來到三樓。原本以為我是最早到的，結果莉茲貝特也就是篠崎里香的身影已經出現在電算機室門前。

「太慢了！」

面對一看見我就這麼大叫的莉茲，我豎起右手來表示道歉並且如此回答：

「沒有啦，是妳太快了……我班會一結束就立刻衝出來了。」

「因為我們班導師出差了，所以今天沒有班會啊。」

「那就在教室殺殺時間再過來啊……」

「就覺得慢慢走過來時間會剛好嘛！」

雖然跟在ALO裡面一樣以熟稔的口氣說話，但在這間學校裡我是二年級，而莉茲是三年級，所以還是會有些顧忌。我明明在現實世界連跟比自己年長許多的克萊因與艾基爾都能輕鬆對話，所以說學校這個地點所擁有的力量真的很恐怖。當我想著「用The seed製作以巨大學校為舞台的遊戲說不定會很受歡迎，不對，應該早就有了吧」的時候。

「還發什麼呆，快點開門啊。」

背部被莉茲打了一下，我便點頭回答「啊，嗯」。從口袋裡拿出附有褪色塑膠標籤的鑰匙並插進鑰匙孔內。轉動滯澀的圓筒鎖後打開拉門，接著把右手貼在胸前行了個禮。

「請進，莉茲貝特大小姐。」

「辛苦你了。」

接著就隨大剌剌這麼回應的莉茲走入電算機室。雖然平常已經盡可能用吸塵器打掃了，還是無法消除古老教室特有的陽光氣味。透過白色窗簾的午後陽光在教室內形成強烈明暗對比，我做出沒有必要點燈的判斷。

「哦，感覺很不錯嘛。我很喜歡這種氣氛。」

初次來到電算機室的莉茲做出這樣的評論，我則因為已經看慣了而沒有什麼感想。如果是木造建築物的話或許還值得拍一下照片，不過第二校舍還不至於那麼古老。牆壁是有些龜裂的水泥，地板是磨薄了的油氈，並排在一起的桌子也是便宜的美耐板製。但莉茲像是很稀奇似的一邊四處張望一邊橫越教室，然後在深處的窗邊回過頭來露出隱含深意的笑容。

「不覺得這樣好像校園動畫嗎？男孩和女孩放學後在舊校舍裡獨處……」

當我因為她突然的胡言亂語而嚇得後仰時，她便以右手的食指對著我並且說：

「然後以華麗的能力大戰。」

「大戰嗎……」

我一放鬆肩膀的力道，莉茲也放下右手嘻嘻笑著說：

「不然你以為要做什麼？」

「沒有啦，沒什麼……倒是大家怎麼這麼慢。」

我這麼說的瞬間，前面的門就喀啦一聲被拉了開來。

「久等了～」「讓大家久等了！」

同時這麼說並且走進來的是亞絲娜和西莉卡。兩人的身後……沒有第三個人的身影。

明明自己說要參加會議，亞魯戈那個傢伙該不會翹頭了吧。原本想還是聯絡一下而準備把手伸向手機，這才發現尚未交換聯絡方式。短短兩個小時前在祕密庭園分手的「老鼠」，身影逐漸消失在從樹葉透下的陽光當中。簡直就像我和亞絲娜在那個時間看見的是幻影一樣……

「安安～」

結果亞魯戈本人就隨著這種脫線的招呼聲從打開的門口走進來。害我差點就跌倒。亞絲娜笑著跟她揮揮手，莉茲和西莉卡則是愣住了。

還是穿著運動外套的亞魯戈，注意到她們兩個人後就輕輕點頭致意，接著朝我看來。

「喂，快點幫我介紹一下呀。」

「噢，嗯……莉茲、西莉卡，這傢伙是亞魯戈。今天起轉學到這間學校來，和我們一樣是SAO生還者，在艾恩葛朗特是……」

說明到這裡的瞬間，亞魯戈便插話進來。

「在艾恩葛朗特是桐仔的大姊姊。」

莉茲大叫：「桐仔？」

西莉卡則是叫著：「大姊姊？」

我橫向衝刺到亞魯戈身邊，拉著外套的兜帽把她吊起來……雖然很想這麼做，但還是按耐下衝動，以凶狠的口氣呢喃：

「我說過別亂說話了吧！」

「什麼嘛，這不是事實嗎？」

「哪裡是事實了！只是客人與老闆的關係吧！」

「啊～這種說法太過分了。虧我好幾次都給桐仔你特別待遇……」

當我們這麼爭執時，背後的亞絲娜就發出「拿你們沒辦法」般的聲音。

「別再吵了，差不多該進入主題了吧？我覺得等會議開始再介紹亞魯戈小姐比較好。直葉與小詩詩都是首次見到她。」

「啊，嗯，說得也是……所以……」

我看著目前仍瞪大眼睛的莉茲與西莉卡說道：

「馬上就能說明這傢伙是什麼人，可以先幫偶準備一下開會嗎？」

「你的語氣變得很奇怪喔。」

被西莉卡以陰暗的眼神盯著，我只能往後衝刺來退避到自己的書包旁邊。

電算機室的桌子跟教室裡的不同，屬於三人座的長型桌，所以在房間中央將兩張桌子合併起來完成即席的會議桌後我們便坐在桌子周圍。長邊的上座是亞絲娜與亞魯戈，下座並排坐著莉茲與西莉卡，我則是坐在走廊側的邊緣。

所有人一起戴上Augma——亞魯戈的除了塗上芥末黃之外，後腦杓的電池部分還畫著老鼠圖樣——完成起動後，桌上就出現妖精大小的結衣。

「爸爸、媽媽、莉茲小姐、西莉卡小姐，午安！」

以可愛聲音打招呼的結衣把目光放在亞魯戈身上。

「咦，這一位是……」

「啊～這個嘛，我馬上就會說明，還是先開始會……」

當我說到這裡時，結衣就眨了一下眼睛並且咧嘴笑著說：

「是亞魯戈小姐吧！爸爸和媽媽在ＳＡＯ裡受到很多照顧。我的名字叫作結衣。」

亞魯戈張大了嘴，同時以認真的眼神盯著低頭行禮的結衣看。

「那個……為什麼知道我是亞魯戈呢……？」

「ＳＡＯ的角色檔案與生物辨識有九十八％一致！」

「……我在這兩年裡長高了不少耶……」

「是加上成長預測模擬後才進行辨識！」

這時亞魯戈似乎終於發現明確回答著的結衣不是真正的小孩而是ＡＩ了。她沉默了三秒鐘之後就對著桌上伸出右手。

「嗯……嗯，今後也請多多指教。」

「好的，請多多指教！」

結衣以嬌小的雙手抓住亞魯戈的指尖。現在想起來，對於在現實世界也從事情報販子般工作的亞魯戈來說，應該會對結衣那活生生的人類絕對無法比擬的情報收集能力感到垂涎三尺吧。得小心別讓她找結衣去打什麼奇怪的工……當我這麼想時，視線前方的結衣就回到桌子中央並且攤開雙手。

「那麼現在和詩乃小姐與莉法小姐連線！」

「啪哩啪哩」，空中描繪出藍白色火花般的特效，桌子的窗戶那一側出現詩乃與直葉的身影。兩個人都穿著制服，各自坐在外表不同的椅子上。

今天是首次使用結衣幫忙建構的「ＡＲ會議系統」，但彷彿兩個人真的在眼前般的真實度實在令人大吃一驚。詩乃她們似乎也跟我一樣，一邊瞪大了眼睛一邊環視著電算機室。

「……哦，這裡就是歸還者學校嗎……」

如此呢喃的詩乃準備從椅子上站起來，我便急忙用雙手阻止她。

「喂，不能亂動啦。現在詩乃與小直的視界被Augma覆蓋過去了，這樣會撞到那邊的物體然後跌倒喔。」

「啊……對喔。順帶一提，我是在視聽教室，如果有其他學生進來的話，就會看到我對著空無一人的空間說話吧？」

聽見詩乃的問題，結衣便回答「沒有錯！」，結果旁邊的直葉就繃起臉來。

「嗚哇，我是從保健室連線的。這期間絕對有人會來啦。」

「咦，小直，妳不用去社團嗎？」

我一這麼問，劍道社員就稍微吐出舌頭來說：

「我把今天變成休息日了。」

「喂喂，這樣沒關係嗎？之後不會被三年級的處罰嗎？」

「不用擔心啦！應該說，三年級的學生在八月的大賽後就引退了，我現在是副社長喔。」

「咦，真的假的？早點說嘛，都還沒有幫妳慶祝耶。」

「當上副社長沒什麼好慶祝的啦。不過十一月的新人戰如果獲得好成績的話就要幫我大大地慶祝一番喔！」

當兄妹輕鬆地進行對話時，西莉卡就露出驚訝的模樣對著直葉問道：

「莉法小姐是副社長的話，表示有人比妳更強嘍？」

「當然有了。練習時互有勝負，但我的劍法有些自創流派的部分……社長果然還是得正統派的人才行。」

聽見這些話後不免再次擔心霸凌的問題，但是沒有人望的社員應該不會當選副社長吧。舉行全國大賽的八月上旬我還在住院當中，所以沒辦法去幫忙加油，但新人戰一定要去觀戰……如此下定決心的我提高聲音表示：

「那麼，本來就沒什麼時間了，我們差不多該開始會議了。首先呢，要介紹這個傢伙……不對，是這個人。」

被我指著的亞魯戈，稍微起身向大家點頭致意。

「這個人是今天轉學到歸還者學校的帆坂朋小姐……ＳＡＯ裡的外號是『老鼠』亞魯戈，職業是情報販子。」

一聽見我這麼說，莉茲和西莉卡就同聲大叫「啊！是發行攻略冊的！」，詩乃與莉法臉上露出疑惑的表情表示「什麼是攻略冊？」，至於亞魯戈本人則是有點害羞般發出「咿嘻嘻」的笑聲並且站起來和除了我、亞絲娜以及結衣以外的四個人握手——遠距參加的兩個人由於沒有觸碰判定所以只是做出握手的模樣。我看著這種模樣，內心忍不住想著這下子隊伍的男女比例又要更加失衡了。

這間學校的男學生也有許多ＶＲＭＭＯ玩家，想招募成員的話隨時都沒問題，但實在無法付諸實行。理由一定是因為在度過長達兩年時光的Underworld裡已經遇見生涯最佳友人的緣故吧。不認為今後還能遇見像他那樣值得信賴的同性、同年代的好友，而且也不會想再找一個了。當他在激鬥的最後喪失生命時，我內心的一部分也跟著死去了。而這個傷口可能一輩子都無法痊癒。

深深吸了一口帶著蠟油味的空氣，壓抑下胸口的疼痛後，我便開口表示：

「既然自我介紹結束了，我們立刻進入主題吧。首先想知道的是，ＡＬＯ以外的玩家的狀況……ＧＧＯ的詩乃也被強制轉移到『Unital ring』了吧？」

「嗯。」

所有人的視線集中到點頭的詩乃身上。

「為了慎重起見還是問一下，妳知道登出後虛擬角色也會留在裡面吧？能夠確保自身的安全嗎？」

「嗯……應該沒問題。因為鳥人會幫忙保護我。」

包含我在內的所有人都從頭上冒出問號，詩乃也像要表示「我自己也搞不懂」般聳了聳肩。

3

從吉祥寺車站北口出發的巴士難得會這麼空。坐在車門附近位子上的明日奈把書包放在大腿上並呼了一口氣。

心底深處還殘留著沒想到能再次跟亞魯戈相遇帶來的溫暖。但同時也存在些許不舒服的感覺。讓明日奈產生這種感覺的是跟另一名轉學生──神邑樒的邂逅。

樒沒有對自己散發出敵意。雖然只有進行短短幾分鐘的對話，但對方的態度一直很沉穩。據說明明被編到隔壁班卻還是特地來跟亞絲娜打招呼的理由是幼年時期曾經在電子工業界團體的派對當中見過面。明日奈已經不記得了，不過神邑樒是RCT的競爭對手，也就是Augma開發廠商「CAMULA」創業者的女兒。

但是讓明日奈心情產生紊亂的並非她的出身。

她所穿的是──屬於港區的小中高直升制的私立學校，聖永恆女學院高中部的制服。也就是明日奈在成為Sword Art Online刀劍神域的囚犯前所就讀的學校。

明日奈雖然只念到國中，但是不記得同學年裡有姓神邑的學生。這是相當罕見的姓氏而且對方的容貌又相當吸睛，不可能三年裡都完全沒注意到吧。

也就是說榕是從校外轉學到聖永恆女學院高中部，然後在畢業的半年前又轉學到歸還者學校。

詢問這樣不會對學測有不良影響之後，榕表示預定是到國外留學，似乎已經取得大學預科課程的國際文憑以及ＳＡＴ測驗的正式成績單。聽說美國的大學把寫作水平看得跟分數一樣重要，所以能夠理解她為了擁有個人特色的內容而體驗歸還者學校生活的選擇，但也無法否定這樣的想法有點太離奇，感覺自己像是被視為特殊生一樣，老實說這實在令人不怎麼愉快。

之所以會有這種感覺，應該也是受到榕所穿的制服影響吧。沒有發生ＳＡＯ事件的話明日奈可能也穿著那套灰色西裝外套制服。聖永恆女學院國中部的制服是沒有特徵的背心裙，所以縫合深藍色衣領的高中部西裝外套看起來特別時髦。實際上被母親要求參加外部高中學測的明日奈可能沒有穿上它的機會，但突然出現在眼前果然還是會忍不住胡思亂想。

對於就讀歸還者學校一事不感到自卑，也不希望人生從四年前重新開始。只不過穿著那套制服的神邑榕，簡直……簡直就像是沒有被囚禁在ＳＡＯ內，繼續就讀於聖永恆女學院的自己……

「……真像個傻瓜。」

小聲這麼呢喃完，明日奈就閉起眼睛。公車還要九站才會到達吉祥寺車站。今天晚上似乎也會熬夜，所以要趁能睡的時候先睡一下才行。

雖然把頭靠在巴士的內壁上，但是卻一直沒有睡意。神邑樒那近乎完美，但不知道為什麼讓人產生些許不安的伶俐美貌一直烙印在腦海裡。

對於目前的境遇沒有不滿。因為遇見了打從心底喜愛、信賴的和人與結衣，以及最棒的伙伴里香、珪子、詩乃以及直葉。樒應該是走在不會有絲毫過失的菁英路線上，但不論她用什麼樣的眼光看我，我都能斷言自己相當幸福。

——當想著這種事情時，就表示內心已經亂了。

明日奈吐出又慢又長的一口氣，然後要自己只想開心的事情。

被強制轉移到「Unital ring」這個謎樣ＶＲＭＭＯ世界給The seed連結體帶來了大混亂，但現在明日奈並不感到不安與恐懼，挑戰未知的遊戲反而讓她有種強烈的高揚感。即使是死亡一次就再也無法登入這種極度嚴苛的規則，也無法讓身為ＳＡＯ生還者的明日奈感到膽怯。

現在包含ＡＬＯ的營運公司ＹＭＩＲ在內的許多企業都彼此合作來試著解決事情——由於亞魯戈這麼表示，這個事件總有一天會結束才對。在那之前無論如何都要保護森林之家與眾伙伴，然後有時間的話還要解開世界之謎。

可惜的是亞魯戈表示短期內還不打算加入Unital ring的行列，但她轉學過來的理由似乎也不是跟ＵＲ毫無關係。據說她在一陣子前就掌握了ＵＲ事件的預兆，為了找出隱藏在事件背後的真相而下定決心轉學到歸還者學校。

不會說出未經實證的情報似乎依然是亞魯戈的堅持，而會議的時間也有限，所以她也不再透露更多的內情，但她似乎打算從外部調查Unital ring的祕密。在學校分開之前，她咧嘴笑著這麼說。內部的調查工作就交給小亞你們喲。聽她這麼說，也只能好好努力了。

雖然不曾對漫長的通學時間感到痛苦，但只有今天明日奈才興起家裡離學校近一點就好了的念頭。不知不覺間，讓心底深處一陣騷動的感覺消失了。

4

「我回來了。」

邊說邊拉開玄關玻璃門的瞬間，「歡迎回來！太慢了吧哥哥！」的聲音就飛了過來。

一看之下，身穿運動服站在木頭橫擋上的直葉，這時將雙手在胸前握住並且垂直跳動著。

「有什麼辦法嘛，我的通勤時間是妳的一倍。我已經是從車站全速衝回來了喔。」

實際上九月已經結束了，我的額頭上卻還浮現汗珠。六分鐘就騎著腳踏車跑過本川越車站到桐谷家大約兩公里的距離幾乎已經是自我最佳紀錄了，但直葉似乎不到五分鐘就能完成，所以在她面前不能太囂張。但我的賢妹沒有責備哥哥緩慢的腳程，反而對我遞出原本在身後的毛巾。

「來，這個！」

「哦，謝啦。」

接過來擦拭汗水後，這次換成礦泉水的寶特瓶出現了。

「來，還有這個！」

道完謝接下打開瓶蓋遞過來的水後，我一口氣喝掉大半瓶。

「呼～活過來了……」

「那現在開始衝刺！」

被推著背部爬上二樓來到自己的房間。當我在換上T恤與短褲時，直葉沒有敲門就直接衝進來。

「準備好了嗎？那我們馬上出發吧！」

連珠炮般說出一串話的妹妹，右手上抱著老舊的AmuSphere。

「什麼出發，妳想從哪裡潛行啊。」

「當然是從這裡嘍！不配合彼此的時間，在裡面變成獨自一人的話可能會遭遇危險吧。」

「哪有那麼誇張……又不是時間加速中的Underworld，就算錯開也只有一兩分鐘吧。而且莉茲和西莉卡應該已經在裡面了。」

「別說這麼多了，快點快點！」

啵一聲在我頭上罩下AmuSphere後，直葉用足以讓底板的木製彈簧發出摩擦聲的速度跳上床。沒辦法的我只能躺在她旁邊。直葉抬起右手，豎起三根指頭。

「倒數三聲後出發喲！三、二、一……開始連線！」

我同聲詠唱著指令，而且想著「這樣直葉的手掉下來不就會打中我的側腹部」。不過我當然無法確認這個結果。

張開眼睛後，看見全新的木板屋頂。

今天早上四點左右還開了個足以看見天空的大洞，不過現在已經消失無蹤。從艾恩葛朗特連同土台一起分離、墜落時受到極大損害的圓木屋——我心愛的「森林之家」在會合的莉茲與西莉卡的幫助下順利地完成修復。

真的真的太好了……當躺著的我沉浸在這樣的感慨當中時，側腹突然就被戳了一下。

「快點起來啦桐人！有很——多事情要做喔！」

「是是是……」

帶響著莉茲貝特幫忙打造的鐵鎧甲站起身子並且看向旁邊。同時潛行的直葉——莉法依然穿著簡樸原始布料製成的洋裝。

我接著又環視室內。由於所有家具都消失了，所以顯得相當空曠的客廳裡看不見其他玩家的身影。亞絲娜應該還在回家途中，不過莉茲和西莉卡，以及當我們到學校去時輪流看守這個房子的愛麗絲與結衣到哪裡去了呢？

當我這麼想的瞬間，就聽見窗外傳來「鏘！」的尖銳聲音。那是鐵鎚敲打鐵砧的聲音……

不對，是武器互擊的聲音。

「怎麼了！」

我急忙站起來，打開門後衝到外面。

看見的是被各種生產設施包圍的前院正中央，有兩道拿著劍朝對方攻擊的身影。這個Unital ring世界的時間是跟現實同步，所以紅色夕陽形成逆光，無法清楚看見兩個人的容貌。其中一道人影的身高跟我差不多，另一道則特別嬌小，看起來就跟孩子一樣。

「呀啊啊！」

小孩子隨著稚嫩但勇猛的叫聲揮落兩手握住的劍。速度雖然快，但大人卻悠然以右手握著的劍擋下。「鏘」的撞擊聲再度響起。編成較粗辮子的金髮反射夕陽後發出美麗的光芒。

這時我才終於發現大人是愛麗絲。而面對最強整合騎士依然毫不膽怯地發動攻擊的黑髮少女，正是我跟亞絲娜心愛的女兒，同時也是最高等級的Top-down型ＡＩ——結衣。

「喂……喂，妳們兩個在做什麼……」

當我反射性想插身而入時，莉法就抓住我的肩膀。

「等等，那只是在練習吧？」

「練……練習……？」

我瞥了一眼妹妹的臉龐後，再次看向庭院中央。

愛麗絲確實擋下了結衣的砍擊，但是完全沒有進行反擊。甚至每次雙方的劍互擊後還給予結衣各種建議。

「看，沒問題吧？」

「唔……唔嗯……」

雖然對著妹妹點頭，但我至今為止從未見過結衣拿劍戰鬥……正確來說是在艾恩葛朗特第一層的地下迷宮裡，以GM武器消除最強等級魔王怪物「致命鐮刀（The Fatal-scythe）」後就沒見過了。由於現在的結衣是被當成一般玩家，所以跟我們一樣有HP條，即使愛麗絲沒有反擊，要是被自己的劍傷到還是會受到損失。

我提心吊膽地看著兩個人的練習，結果一臉認真地聽完愛麗絲的建議後，結衣就再次縮短距離。她把外型帶有異國風情的短劍擺在基本的中段——

「呀啊！」

隨著稚嫩但凜然的聲音往地面踢去。下一個瞬間，連我也忍不住發出「哦」一聲。

VRMMO初學者在以劍攻擊時，容易分為「舉起」「揮落」兩個階段的動作。根據狀況，這不是什麼錯誤的行動，但幾乎所有時候都能順暢連結舉起到揮落動作的話，速度與威力都會有所提升。結衣使出的就是確實按照這個辦法的斬擊，實際上愛麗絲防禦時左腳也必須往後退半步。

再次響起「鏘！」的清澈金屬聲。一瞬間靜止的兩個人靈活地拉開距離。

「剛才那招很不錯喔，結衣。」

愛麗絲一如此品評，我也跟著拍了手。兩人同時看向這邊之後，愛麗絲似乎有些不好意思，結衣則是露出直率的笑容。

「爸爸！歡迎回來！」

我急忙制止右手舉著短劍就直接跑過來的結衣。

「喂喂，先把那把劍收起來。」

「啊，對喔！」

緊急煞車的結衣把劍收到左腰的劍鞘內。抱起再次衝過來的心愛女兒，把她高高舉起後才讓她坐到左臂上。

「我回來了，結衣。那個……為什麼突然開始練劍……？」

「當然是為了戰鬥啊！單手劍技能的熟練度剛剛上升為7了！」

「喔喔，妳很努力嘛。」

用右手摸了一下她的頭，結衣就像很高興般發出「嘿嘿嘿」的笑聲。

我從ALO帶過來的單手劍技能熟練度雖然已經到達封頂的1000，但除此之外新獲得的技能都只有2或3左右，以一天就能到達熟練度7來看，她確實相當了不起。

「提升到這種程度的話，是不是能夠使用劍技了呢？」

「嗯……」

迅速以右手打開環狀選單的結衣，移動到技能視窗後窺看了起來。

「啊，能使用『垂直斬』、『平面斬』和『斜斬』！」

「喔喔，這三招是所有劍技的基礎。熟練度再上升一點之後，就教妳奪命擊或者咆哮八音符等帥氣招式吧。」

「好的！」

結衣開朗的回答……

「桐人，關於這件事……」

和這道聲音重疊在一起，我便移動自己的視線。穿著白色洋裝的愛麗絲不知為何以鬱悶的表情走了過來。

「嗨，愛麗絲，謝謝妳幫忙看家和指導結衣……那麼，妳說的這件事是？」

「你也看看自己的技能視窗吧。」

「咦？喔……嗯。」

點完頭後就以右手指尖在空中畫圓。從隨著「沙唧唧」的音效打開的環狀選單選擇右上的技能圖標。打開的視窗裡顯示獲得的技能一覽表。由於是按照熟練度順序排列，最上面的當然就是單手劍技能……

「……咦？」

我瞪大雙眼凝視著熟練度的數值。昨天看的時候確實是上限值的1000，現在卻少了一個零。

「看來是昨天晚上緩衝時間結束時，帶過來的技能其熟練度也下降了。隨著熟練度下降，上位劍技也全部無法使用。」

「一……一百？為什麼……」

「不會吧……」

在發出呻吟的我旁邊，莉法也打開視窗並且大叫「啊，我也一樣！」。兄妹差點同時沮喪地低下頭，但我在最後一刻撐住了。

「不……不對，等等喔……昨天晚上緩衝期間結束後還跟那群ＰＫ戰鬥了對吧？那時我確實使出了奪命擊啊。那招可是挺上位的劍技耶。」

「你也看看劍技一覽表吧。」

在愛麗絲催促下，我擊點了單手劍技能。打開的副選單裡列舉了可以使用的劍技。最上面是基本單發技的「垂直斬」、「平面斬」、「斜斬」，接著是二連擊的「圓弧斬」、「水平弧形斬」和下段突進技「憤怒刺擊」，上段跳躍技「音速衝擊」，三連擊技「銳爪」……發亮的文字就到此為止。再往下的「垂直四方斬」變成了灰色，擊點後打開【使用可能熟練度：

150】的小視窗。先不管數值跟SAO與ALO不同這件事，這樣的話將無法說明為何可以使用上位技的奪命擊。

捲動一覽表後，名稱在很下面的奪命擊果然變成了灰色。使用可能熟練度是……700。和目前的數值100有天與地般的差距。

「到底怎麼回事……難道只是重現動作而已……？」

在如此呢喃的我懷中，結衣也稍微歪著頭並且說：

「昨天的戰鬥裡，爸爸使用的殘暴施力點以及奪命擊都確實產生了特效光。我想不可能只是模仿動作才對。」

「就是說啊……」

我點點頭後把結衣交給莉法，接著移動到庭院正中央。拔出外型簡樸但沉甸甸重量相當可靠的「高級鐵製長劍」並且沉下腰部。把左手往前伸，然後右手的劍舉到肩膀上往後拉，但劍技的前導特效沒有降臨。

「嗚呀！」

還是不願放棄的我試著刺出長劍，但只是單純的單手刺擊，完全沒有奪命擊的如血般光輝以及媲美噴射引擎的巨響。我又試了一次……然後再一次。結果都一樣。

「桐人……這樣看起來有點遜喔。」

「偶……偶知道啦！」

以孩子氣的話回答愛麗絲看不下去的聲音後，揮出附贈的第四次——

咻轟哦哦哦哦沙嘰咿咿——嗯！

「嗚喔哇啊啊啊啊！」

身體被帶著深紅光芒的劍拖走，我在空中飛行了三公尺左右才從胸部往下跌落。

「咕噁！」

視界左上方的ＨＰ條微微減少。當我維持青蛙般姿勢發出呻吟時，愛麗絲就衝過來對我伸出手。

「不……不要緊吧？」

「嗯……還可以啦……」

在她幫助下站起身後，就認真地盯著右手的劍看。接著跟愛麗絲面面相覷，戰戰兢兢地問道：

「剛才發動了對吧？奪擊……」

「你們這些現實世界的年輕人不要什麼名詞都簡略化。」

由於對方生氣的點很奇怪，我就回答了一句「真的拍謝」，愛麗絲用宛若冰霜的眼神瞪了我一眼後才恢復認真的表情。

「確實……是發動了。到底是怎麼一回事呢……」

「請愛麗絲小姐也試試看吧！」

這麼發言的是被莉法抱住的結衣。往那邊瞄了一眼的愛麗絲，說了句「那麼……」並點頭拔出腰間的劍。外表和我的劍一樣，應該是目前人不在現場的莉茲所打造的吧。

我退到莉法身邊後，愛麗絲就以長劍擺出八相的姿勢。

由於來自SAO的劍技也以「祕奧義」這個名稱存在於她出生的Underworld裡，所以在ALO當中也能自由自在地使出多種劍技。但是跟高速連續技比起來她似乎喜歡一擊必殺系，目前準備發動的也是單手劍上位單發技「飛矛之劍」。

一邊踏出左腳，劍往右後方用力舉起。本來這個時候應該會出現藍紫色特效光，但是劍沒有發亮。即使如此，愛麗絲還是……

「呀啊！」

一邊發出尖銳的喊叫，一邊把劍刺出般猛然揮落。雖然是漂亮的斬擊，但沒有發動飛矛之劍。愛麗絲把劍拉回來後，又做出一模一樣的動作。兩次、三次、四次……當我開始覺得剛才的奪命擊只是系統錯誤之類的時候。

愛麗絲大概是第七還是第八次往上舉起的劍垂直迸發出藍色火焰般的光芒。往前踏步後揮出斬擊。傳出彷彿冰河崩壞的沉重巨響，藍紫色軌跡在空中搖晃。那無疑是飛矛之劍的特效。

「咦，發動了耶！」

我不停點頭同意莉法的話。雖然尚不清楚是系統錯誤或者原本就是這種規格，但即使是熟練度不足的上位劍技，只要執拗地嘗試似乎就能發動。但是機率大概只有一兩成左右。實戰時拿來使用會讓人有點擔心，而且不清楚理由更是讓人不舒服。

忍不住看向被莉法抱著的結衣，但現在她是沒有系統登入權限的普通玩家。所以又想偶爾得自己動腦思考一下……

「爸爸，這個現象的原因說不定不是玩家或者道具，而是跟地點有關。」

由於結衣一臉認真地這麼說道，我便一邊指著自己的腳邊一邊詢問：

「地……地點？這個空地有某種特殊效果嗎？」

「不，不是空地……」

順著結衣移動的視線看去，發現經過修復的圓木屋在夕陽底下發出閃閃光芒。我終於理解結衣想說什麼，小跑步回到房子旁邊後用指尖擊點牆壁。打開的屬性視窗裡，第一行是「柏木小屋」的建築物名，其下方是所有者我和亞絲娜的名字，再下面則是耐久力的彩條。明明今天早上應該完全回復了，疊在彩條上的數字卻是【12433／12500】，顯示Unital ring世界的建築物耐久力會自動減少。雖然是麻煩的規格，但減少速度一天大概是120左右，所以算起來完全丟著不管也可以撐一百天。

視窗下部並排著四個按鍵。從左邊開始依序是【情報】、【交易】【修復】以及【分解】。內心確信永遠不會按下交易與分解鍵的我按下情報鍵。愛麗絲與莉法、結衣從左右兩邊窺看視窗。

隨著輕快聲音打開的副選單裡，列舉了房子簡單的說明、地板面積、倉庫欄容量、對各屬性防禦力等數值檔案，其下方則有著【特殊效果】欄。

想著「就是這個」的我專心閱讀著。顯示的效果只有一個。也就是——【等級1／森林的加護：在建築物中心部半徑三十公尺以內，所有者以及其朋友玩家、小隊成員能在低機率下使用未滿使用條件的攻擊技能。】

「……哦，原來如此……」

這麼呢喃完我就再次摸了摸結衣的頭。

「結衣的推測完全正確。這個『森林的加護』，在ALO的時候就存在了嗎……？」

「不，ALO裡不存在這樣的系統。」

結衣搖搖頭後，莉法就插話進來表示：

「嗳，這裡寫著等級1對吧。這就表示也有等級2和3的特殊效果嘍？」

「應該……有吧。雖然無法想像怎麼樣才能解鎖就是了。」

愛麗絲稍微瞄了一眼歪著頭的我。

「就跟我們一樣，好好培育它就可以了吧？」

「妳說……培育房子？要怎麼做？」

「像是增加房間、強化構造之類的。我在盧利特附近的森林蓋房子時，也是從只有簡單屋頂與牆壁的小屋開始，然後一點一點擴大的喔。」

「喔……哦～這樣啊。」

我的回答多少變得有點僵硬，但這也不能怪我。在愛麗絲的房子裡，她似乎照顧心神喪失的我長達好幾個月。當時的事情幾乎不記得了，但是還依稀記得她用湯匙餵我吃飯、幫我躺到床上睡覺等事情，所以除了感謝之外也同時湧出了不好意思的感情。

「嗯……嗯，總之這就是上位劍技有時能用有時不能用的原因不會錯了。昨天晚上的戰鬥能夠一次就使出奪命擊算是運氣相當好了。」

「這樣要做的事情又增加了。」

莉法的話讓我皺起眉頭，結果妹妹就理所當然般說道：

「提升房子的等級啊！等級2和等級3的特殊效果很讓人在意嘛！」

「啊……噢，嗯，說得也是……」

我雖然點著頭，但是對於增建、改建圓木屋還是有點抗拒。因為我比任何人都清楚，亞絲娜從SAO時代就持續對這間房子投注愛情。

但是結衣像是看穿我這樣的猶豫般堅定地表示：

「不用擔心喔，爸爸！媽媽不是會拘泥於外表的人，只要本質存在，就算房子的形狀改變我想她也完全不會在意！」

「本質……是什麼？」

「當然是爸爸、媽媽、我和莉法小姐、愛麗絲小姐、莉茲小姐、西莉卡小姐、詩乃小姐能夠放心休息的地方！」

「……對喔，說得也是。」

我緩緩點頭，然後再次撫摸結衣的頭。

「但是……要增建應該是很久之後的事了。首先得鞏固整個占地的防禦才行……」

我再次環視廣場。深邃的森林裡突然出現這塊直徑十五公尺的空間，東半部被圓木屋占據，西半部則排著高爐與鑄造台、素燒窯等大型生產設備。這些設備只要有素材道具就能輕鬆製造出來，但是要搜集素材一點都不輕鬆，可以的話還是想防禦整個廣場。今天我們到學校去時，結衣、愛麗絲以及亞絲娜馴服的長喙大鬣蜥——阿蜥幫忙看守房子，但光靠兩人與一隻動物實在很難抵擋昨天讓我們陷入超級苦戰的尖刺洞熊與新敵對玩家集團的襲擊。

自傲的騎士大人似乎也了解這一點，愛麗絲也跟我一樣移動著視線並開口說：

「想先從這塊草地的外圍部分開始建築一道牆壁。可以的話不要用木頭而是石頭。」

「說得也是……但要圍住整個草地的話不知道需要多少石頭。如果亞多米尼史特蕾達猊下在這裡的話……彈指之間就可以製造出鋼鐵之牆了……」

那個半神光靠神聖術就製造出直徑一千五百公里的「不朽之壁」來把人界分成四等份，我一提到她的名字，愛麗絲就狠狠瞪了我一眼。

「你拜託最高司祭大人這種無聊的工作試試看，可能會被變成蟋蟀之類的小蟲吧。」

「是這樣嗎，感覺請她吃兩三塊昂貴的蛋糕，她就會願意幫忙了。」

——你說是吧，尤吉歐。

在內心這麼呼喚亡友，接著輕輕搖頭時突然就想起來。昨天愛麗絲說RATH的神代凜子博士有留言要給我。內容是「二十九日，十五點。高級蛋糕店」……這種近似暗號的訊息，真正的發信者恐怕不是神代博士。為了確認事實，二十九日也就是明天下午三點必須到銀座的咖啡廳去，但說起來明天完全是平日。從歸還者學校的西東京市搭乘西武新宿線到高田馬場，再換乘地下鐵東西線，然後到日本橋車站再次換乘銀座線在銀座下車的這條路線，需要的時間大概是八十分鐘。不翹掉下午的課絕對來不及。

為什麼會指定這樣的時間——我先把這樣的抱怨吞進肚子裡，然後將意識集中在眼前的課題上。既然沒有最高司祭猊下那樣的超級力量，就只能老實地收集材料來建築牆壁了。

幸好已經知道建造牆壁不用一個一個把石頭堆起來了。初級木匠技能的製作選單裡就存在

「粗雜的石壁」。雖然粗雜這個形容詞讓人感到有些敬謝不敏，但是在技能熟練度上升前也只能忍耐了。

「……那麼，大家先到河邊去撿石頭吧。」

我消除圓木屋的屬性視窗並這麼說道，愛麗絲、莉法以及結衣聽見後就一起點點頭。

「雖然有點擔心，不過就拜託阿蜥……咦？那傢伙到哪去了？」

我環視了一下廣場，卻不見原本應該在看家的長喙大鬣蜥——阿蜥的蹤影。不會是馴服狀態解除又變回野生了吧，當我慌張地想著這樣亞絲娜會很失望的這個時候，從後方傳來「咕呱！」這種相當有特色的叫聲。急忙轉過頭去，就看到阿蜥從通往南邊河岸的道路上跳著走過來。而且牠的後面還能看見西莉卡與莉茲貝特。

兩個人發現我和莉法後就小跑步跑過來。

「桐人，太慢了吧！不會是回家路上跑去買東西吃了吧？」

正當莉茲以凶狠眼神瞪著我，旁邊的西莉卡就露出苦笑。

「桐人哥住在離學校很遠的地方，就是得花這麼多時間嘛。」

阿蜥打開嘴巴發出「咕哇」的叫聲，坐在牠頭上的畢娜也發出「啾咿」一聲，不過不清楚牠們是同意莉茲還是西莉卡的看法。不論如何，阿蜥的馴服狀態似乎沒有遭到解除的樣子。

「妳們上哪去了？」

我先開口這麼詢問，莉茲則是邊摸著阿蜥的脖子邊回答：

「這孩子似乎一天不玩水幾次ＨＰ就會減少。所以帶牠到河邊去，順便收集石頭回來。」

「喔喔，真是辛苦了。不過這傢伙明明是蜥蜴，卻有這麼麻煩的體質……」

「爸爸，現實世界有許多半水生的蜥蜴喔。像莫頓巨蜥以及巴氏稜蜥就是有名的種類。」

由於結衣立刻加以注釋，我便說了句「這樣啊……」並點點頭。現在想起來，初次遭遇阿蜥時牠就是從水裡出現。像鴨子般的喙正是水棲種的證明。

「這下子得快點挖井才行了。要做的事情實在太多！」

我搖了搖頭並且確認視界右下角的時針。下午五點五十分——看來今天是沒辦法潛行到將近天亮了，預定在深夜十二點，不對，凌晨兩點結束的話，能使用的時間大概是八個小時再多一點。我忍不住有點懷念可以一整天都用來攻略遊戲的ＳＡＯ時代。

嘆了一口氣轉換心情後，我也為了收集石頭而準備前往河岸，結果還抱著結衣的莉法就用手把我擋下來。

「哥哥，如果是這樣的話，我覺得應該優先跟詩乃小姐會合比較好吧？以長遠的眼光來看，人手多一點作業的速度比較快，戰力上也比較可以安心。」

「嗯，是沒錯啦……」

我擺出微妙的角度點頭同意莉法的意見。

放學後舉行的會議裡，詩乃數次讓我們嚇一跳。她主要遊玩的「Gun Gale Online」也有許多玩家被強制轉移到這個世界——雖然已經如此預測，但詩乃他們似乎可以把槍械帶到這個世界來。

當然，我們這些ALO玩家都把劍與槍帶過來了，GGO的玩家如果無法把武器帶過來就太不公平了，但他們的武器是槍械。而且GGO世界裡不只有火藥式實彈槍，也存在能發射雷射的光學槍。引發這起事件的某個人，到底打算如何維持世界觀的整合性呢？

只不過，這不是現在要擔心的事情。以ALO來比喻的話，詩乃的愛槍黑卡蒂II的超強攻擊力甚至足以匹敵三十句咒文等級的最高級攻擊魔法。預備的子彈似乎全都消失了，但是既然能帶槍進到這個世界，應該就能在哪個地方獲得補給，能夠和她會合的話據點的防衛將會輕鬆許多。

但最大的問題是——

「……但完全不清楚詩乃說的那個鳥人村落是在哪個方位啊……」

我聳了聳肩，這時西莉卡也很擔心般點著頭說：

「詩乃小姐說完全沒有注意到艾恩葛朗特墜落時的衝擊聲。這樣的話，我想GGO玩家的起始位置應該跟我們距離很遠。」

「唔嗯……」

我發出沉吟時，莉茲貝特就叫出環狀選單並且擊點左下方的地圖標示。攤開的地圖和我跟莉法所持有的相比，有相當大的範圍已經有顏色了。

「呃……這裡是成為ALO玩家起點的遺跡對吧。艾恩葛朗特的掉落地點是這裡，然後它的北邊有巴辛族的村莊，從該處一直往東北前進就會遇見這間圓木屋……我和西莉卡從村子一路走到這裡，但沒看過詩乃所說的巨大恐龍與蜈蚣型怪物……」

西莉卡也點了一下頭，然後又像發現什麼般用手指著地圖。

「但是從巴辛族村莊走到這裡來時，一開始是沙漠般的荒野然後漸漸變成草原，渡過這條大河就又變成了森林對吧。詩乃小姐表示所在的區域幾乎都是沙漠，所以很難找到水源，差點就要渴死了。因此我認為就方向來說，很可能是在森林的另一側。」

「唔嗯唔嗯……」

我、莉法以及愛麗絲同時點頭。西莉卡的意見雖然具說服力，但就算方向正確，不知道大概的距離的話也無法輕易去尋找。除了HP之外，還存在SP、TP的這款遊戲，要長距離移動時必須先準備充分的水與食材。

想到這裡的瞬間，就稍微意識到空腹與口渴。怎麼說在登出時數值也是維持不變的狀態，目前SP條只減少兩成、TP條則是三成，但一旦開始作業就會不斷減少了吧。附近就有河川，食材的話應該還殘留了一些熊肉，不過還是得盡快完成安定供給的機制才行。

「……得開拓森林來開墾田地……不知道能不能耕田就是了……」

我一這麼呢喃，結衣就一臉認真地回答：

「也把它加進待辦事項裡面嘍！」

「謝……謝啦……順便問一下，現在清單大概有幾項？」

「我沒有列出優先順位，目前有『建築防壁』『增建圓木屋』『製作所有人的武器防具』『提升等級』『增強馴服的怪物』『挖井』『開墾田地』『與詩乃小姐會合』以及『到達極光指示之地』！」

「…………」

所有人默默地面面相覷。最後一項是最終目的，所以可以先不用理會，但除此之外都是優先事項。

「……先從建築防壁開始吧。」

重新打起精神的我這麼說道，莉茲貝特也輕輕點了一下頭。

「正有此打算，所以撿來許多石頭嘍。我試著製作一下牆壁吧。」

「嗯，拜託妳了。」

對著我豎起大拇指的莉茲，先是關上開著的地圖，然後打開技能視窗。從初級木匠技能可以製作的道具一覽表裡選擇「堆石牆」後，就出現淡紫色通透的殘像物體。莉茲以生疏的手勢滑動殘像，在廣場與森林的境界處停了下來。

「蓋在這裡可以嗎？」

「等一下。」

我走到通透的石牆旁邊，慎重地評定位置與角度。

「再往內十五公分……然後稍微往右轉。」

「這……這樣？」

莉茲微微動著手指，殘像也跟著一點一點移動。來到我中意的位置那一瞬間，我便大叫：

「這裡！」

莉茲握起右手的瞬間，就有數顆灰色石頭從空中落下，在完全與殘像重疊的位置實體化。出現的牆壁高度與寬度約一．五公尺，厚度則是三十公分左右。大小石頭毫無縫隙地堆疊起來，沒有想像中那麼粗糙。為了慎重起見稍微推了一下，也沒有搖晃或者石頭掉落的現象。

「這樣應該可以防禦一些怪物吧。」

我一邊拍著石牆一邊這麼說著，結果愛麗絲就以擔心的表情回應：

「是沒錯……但是應該無法擋下尖刺洞熊的突進，如果是玩家的話也會翻牆進來吧。」

「只能祈禱那隻熊最近不要到附近來了。至於玩家的對策……」

我把臉朝向莉茲貝特繼續說道：

「莉茲，這一面牆壁要用多少石頭？」

「嗯……在河岸邊能撿到最多的『灰崩岩』三十個，還有五個『粗糙的灰色黏土』。」

「還剩下多少灰崩岩跟黏土？」

「石頭一百二十多個，黏土二十個。」

莉茲剛回答完，旁邊的西莉卡也舉起右手。

「我也撿回一百顆石頭跟十五個黏土！」

「謝啦，西莉卡。這麼說來，光靠妳們兩個人的存量就能製造出七面牆了。莉茲，試試看在這面牆上再疊上一面牆。」

「好～」

點頭的莉茲貝特再次操作視窗。移動出現的殘像壁到最初的牆壁附近後貼齊機能發生作用，首先連結到右側。準備從該處往左錯開時，殘像就輕輕堆疊到上方。

「啊，看來沒問題。」

「好，拜託妳了。」

再次傳出「喀咚咚嗯！」的沉重聲響，新的牆壁降下來與最初的牆壁重疊。這樣高就有三公尺。雖然無法說是完全的防禦，但除了身體特別靈巧的玩家之外，應該都會猶豫要不要翻牆吧。

當然，現狀與其說是牆壁，倒不如說是薄薄的柱子。直徑十五公尺的廣場圓周大約四十七公尺。要以寬一．五公尺的牆壁圍住全體的話需要三十二面，再往上堆高的話需要加倍也就是六十四面牆壁。當我想著……不想計算要幾塊灰崩岩時。

圓木屋的門迅速被打開來，穿著白色洋裝的亞絲娜從裡面衝出。

「各位抱歉！我來遲了！」

「亞絲娜，妳來得正好！六十四乘以三十是？」

我立刻用手指著她，亞絲娜愣了一下子後就回答「一千九百二十」。然後逐漸露出納悶的表情並且加了一句：

「……為什麼要這麼問？」

「是要用牆壁圍住整個廣場需要的石頭數量喔。」

我把朝向亞絲娜的右手食指移動到屹立在高爐附近的灰色石牆。

「噢……」

亞絲娜像是可以接受般點了點頭……

「哥哥，剛才的算式沒辦法心算也太糟糕了吧？」

莉法很擔心般這麼說道。

所有人一起移動到河岸邊，靠著快下山的夕陽盡可能撿拾灰崩岩與黏土然後回到廣場，由習得初級木匠技能的我與莉茲製作牆壁……重複這樣的工程一個小時。好不容易用高三公尺的牆壁圍住整個廣場時，太陽已經完全下山了。

實際上因為南北各設置了一個木門，所以需要的石頭數量比亞絲娜計算的要少了一些，但這依然是相當累人的作業。因此牆壁完成時的達成感特別強烈，包含愛麗絲在內的所有人都擊掌了好幾次。

「有牆壁後果然安心多了！」

喧鬧一陣子後西莉卡就做出這樣的評論，而我也深深點了點頭。

「真的是這樣。古代希臘人之類的在城牆完成時可能也是這種心情吧。」

「跟古雅典以及科林斯比起來這裡小多了。」

由於亞絲娜加了一句這樣的吐嘈，我便咧嘴笑著回答：

「不能這麼說，今後要不斷地擴張，總有一天要發展成跟古雅典，不對，是跟聖托利亞一樣的大都市給妳看。」

下一個瞬間，這次換成被愛麗絲吐嘈。

「哦，很敢說嘛。我很期待喔。」

「交……交給我吧。」

我拍了一下自己的胸膛，然後迅速轉換話題。

「那麼，這樣就解決一件待辦事項了吧。接下來是……」

「我啦，我有話要說！」

舉起右手揮舞的是莉法。

「我也想要劍跟鎧甲！」

「……嗯，我想也是啦……」

當前只有我自己一個人全身穿著鐵製鎧甲，所以無法直接反駁這個提議。莉茲與西莉卡裝備著從巴辛族那裡獲得的皮鎧與金屬武器，結衣與愛麗絲雖然沒有防具但是都有鐵劍，只有莉法跟亞絲娜還穿著天根草纖維製的洋裝，然後裝備著石刀與石斧。

幸好有從ALO繼承打鐵技能的莉茲在，技術方面絕對沒問題。問題是應該需要相當多分量的鐵礦石。為了修復圓木屋，昨天從尖刺洞熊的巢穴裡入手的礦石與那群PK身上掉落的鐵裝備幾乎都用光了。要獲得新的鐵礦石就得再次進入洞熊的巢穴，但是洞穴的主人應該早就重新湧出了吧。昨天是用從圓木屋屋頂掉下大量圓木這樣特殊方法才幹掉牠，我不認為還能再用一次同樣的方法。

「結衣啊，巴辛族有沒有提到在哪裡獲得鐵礦石？」

我對七個人中唯一能理解NPC謎之語言的結衣這麼問道，但少女只是輕輕搖搖頭。

「抱歉，爸爸。我沒有獲得這個情報……」

「不需要道歉喔，請他們告知能取得珪砂和亞麻的地點時，是我忘了順便也詢問鐵礦石的所在地。沒關係，會有辦法的。」

「是啊，結衣。桐人會努力想辦法解決的。」

亞絲娜抱起結衣並對她露出溫柔的笑容。結衣雖然輕點了一下頭，但還是以擔心的表情再次看向我。

「……具體來說要怎麼做呢，爸爸？」

「當然是以正攻法來打倒尖刺洞熊啊……不對，等等喔。」

我把身體往右轉，看向腦袋上坐著畢娜的西莉卡。

「不要打倒，如果可以馴服牠是最好了。我想這樣大概就會停止湧出了。」

「咦咦咦？馴服熊嗎？」

面對嚇得後仰的西莉卡，我咧嘴笑著表示：

「就連沒有馴獸技能的亞絲娜都能把那邊的鴨子恐龍變成寵物了。從ALO繼承馴獸技能的西莉卡，應該很輕鬆就能把熊……」

「桐人哥，很遺憾的是我繼承的是短劍技能。」

「咦，是這樣嗎？妳短劍技能的熟練度比較高嗎？」

老實地露出驚訝的模樣後，西莉卡就像鬧彆扭般噘起嘴來。

「桐人哥，要把馴獸技能的熟練度提升到１０００是很困難的喔。就我所知，熟練度提升到極限的就只有貓妖族領主亞麗莎小姐而已。」

「那真是不好意思……這麼說，目前是亞絲娜的馴獸技能比較高嘍……」

把視線移過去後，亞絲娜先是眨了兩三下眼睛，然後才不停地搖頭。

「馴……馴服那隻熊，我也辦不到啦。」

聽見這使用倒置法的言詞，讓我思考起該如何攏絡……不對，應該是說服她。

「要……要勉強亞絲娜小姐的話，還是交給我吧！」

不知道是因為裝備著巴辛族製的防具，還是身為馴獸師的尊嚴使然，西莉卡這時往前走一步並且做出這樣的宣言。亞絲娜似乎還想說些什麼，但西莉卡迅速伸出雙手來阻止了她。

「不用擔心，亞絲娜小姐。我雖然沒有見過那隻熊，但動物型怪物的話難易度應該比蟲型和惡魔型還要低才對。我會努力提升馴獸技能的熟練度，一次就成功馴養牠給大家看！」

——我覺得尖刺洞熊大概跟西莉卡想像的熊有很大的差異。

雖然感覺亞絲娜、莉法和愛麗絲也跟我有同樣的想法，但是在她們開口說些什麼前我就走到前面緊緊抓住西莉卡的肩膀。

「不愧是ＳＡＯ裡威名遠播的偶像馴獸師西莉卡。聽妳這麼說我就放心多了，那就拜託妳噢！」

「嘿嘿嘿……我會加油的。」

雖然看見露出害羞笑容的西莉卡右斜後方的亞絲娜嘆了口氣，但是我又趁勢繼續表示：

「亞絲娜，麻煩妳教西莉卡馴獸技能的取得方式。剛剛從河岸邊回來時，森林裡有狐狸般的怪物，我想可以用牠當作練習。我、莉茲、愛麗絲以及莉法在TP條進入危險狀態前先來挖井吧。」

「是可以啦……但這款遊戲可以擅自挖掘地面嗎？」

莉茲貝特的問題讓我不由得一瞬間靜止。

包含ALO在內的許多VRMMO，練功區都是設定為不可改變。因為允許玩家這麼做的話設計地圖就沒有意義，而且擺明會有路上出現大洞這種惡質行為橫行。

雖然這款Unital ring在許多方面都不算是普通的遊戲，但實在不認為可以改變練功區……我記得昨天曾經思考過這一點。但是出乎意料的是，初級木匠技能的製作選單裡面確實有——

「……看，有掘井的選項。」

我對莉茲貝特她們顯示打開的視窗。手指著的地方正如我的記憶存在著「疊石小型水井」的文字列。

「應該像高爐那樣，只要完成設置就能使用水井了吧？」

由於莉法如此表示，我忍不住就提出反駁。

「咦咦，這麼簡單可以嗎？如果擁有材料就能一瞬間設置水井，那麼ＴＰ條就沒有意義了吧。」

「跟我說也沒用啊。倒是現在試試看不就知道了。」

聽她這麼一說才想到確實是這樣。於是我就確認製作水井需要的素材數量與種類。總共是石頭三百顆、製材過的圓木二十根、黏土十個、鐵釘五十根、鐵鍊一條。

「嗚咿，素材完全不夠。石頭和圓木只要收集就可以了，但是鐵就……」

「看來沒那麼簡單呢。」

亞絲娜聳聳肩，然後瞄了高爐一眼。

「看來不論要做什麼都得先確保鐵礦的來源。西莉卡的馴獸應該還得花一段時間，我看還要跟尖刺洞熊戰鬥個一次才行吧？」

「嗯嗯～……如果這是普通遊戲的話，就算承擔全滅的風險也可以進行挑戰……」

我剛發出沉吟聲，愛麗絲等人也露出陰沉的表情。

Unital ring一旦死亡就再也無法登入。而且也不能回到ＡＬＯ。被捲入事件的ＶＲＭＭＯ世界，其伺服器內的遊戲檔案全都遭到覆蓋，目前處於停止營運狀態。有幾款遊戲似乎挑戰回溯，但就算重新安裝The seed系統程式也無法正常起動……亞魯戈是這麼說的。就連被稱為浧

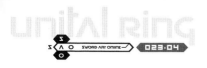

強、荒唐、魯莽三冠王的我，在這種狀況下也不敢以賭博的心態挑戰超強敵尖刺洞熊。

「鐵礦……鐵礦嗎～～～」

我雙手抱胸並仰望著夜空。不論是SAO還是ALO，在最初的城市裡都能買到大量的鐵製武器與道具，所以一點都不覺得稀有。怪物身上也會掉下大量鐵製道具，所以拿不動的就會直接丟棄，現在真的很想把過去丟掉的全部撿回來。

到附近的練功區拚命尋找的話，在洞熊的巢穴之外應該也能找到鐵礦石才對。但是按照遊戲的脈絡來看，這邊附近入手鐵礦的難易度應該被設定為「能穩定打倒尖刺洞熊的等級」，因此可以判斷光靠野外露出的鐵礦是不足以穩定供給我們的需求。在沒想辦法解決那隻熊之前，鐵器文明不會真正來到這塊土地。

「……去找詩乃吧。」

我一這麼呢喃，不只是愛麗絲她們，就連在稍遠處說著馴獸技能的亞絲娜、西莉卡以及結衣也看向這邊。這時亞絲娜認真的聲音打破了緊繃的寂靜。

「我也想早點跟小詩詩會合……但不清楚她的所在地與方位。要怎麼尋找呢？」

「如果是西莉卡她們遇見的巴辛族，或許知道和詩乃一起的鳥人。此外也想要鐵礦石的情報，我看就先到巴辛族的村子去問問看吧。」

我依序看著伙伴們的臉並且決定方針。

「希望亞絲娜、西莉卡和愛麗絲留下來幫忙防守圓木屋。村子就由我和莉法、莉茲以及結衣前往……這樣如何？」

「亞絲娜和西莉卡還有馴獸技能的事情要處理，所以能夠理解。但為什麼連我都要留下來？」

面對愛麗絲有些不滿的提問，我老實地說出自己的心情。

「因為妳幫忙保護這個家我才能覺得放心啊。」

「……聽你這麼說就沒辦法拒絕了。好吧……但下一次的遠征我絕對要參加。」

堅決地如此宣告後，愛麗絲就轉身走到亞絲娜、西莉卡旁邊。亞絲娜用右手觸碰愛麗絲的背部，同時以讓人想起血盟騎士團副團長時代的清澈聲音說道：

「我們會好好保護房子，桐人你們也要平安回來。就這麼說定嘍。」

「……嗯。」

我點完頭，莉茲也回應「一定會把詩乃找回來！」，結衣跑到亞絲娜身邊並緊緊抱住她。

我看著她們的模樣，然後為了實行以前的想法而打開道具欄。

我把事先從房屋倉庫欄裡移動過來的長劍「黑色鞭痕」實體化。這把繼承自ＡＬＯ的愛劍，需要的能力值實在太高了，即使升上等級13的現在也無法裝備。我在它飄浮於視窗上的狀態下，移動到莉茲貝特面前。

「莉茲……這是妳精心幫我打造的劍，這麼說真的很不好意思，不過可以把它熔掉嗎？」

「咦咦？」

身為黑色鞭痕製造者的鐵匠不停眨著雙眼。

「這……這當然得由身為持有者的你來決定……但我無法保證在這個世界能打造出跟它同等級的劍喔。」

「我知道。但是我想大概要到等級40或者50才能裝備上這個傢伙。與其在那之前都把它放在道具欄裡當倉管，倒不如現在拿來幫助大家。」

「……嗯，我知道了。」

莉茲貝特燦爛一笑後，右手就朝著視窗上的黑劍伸去。

「哎呀等一下！一碰就會掉到地面拿不起來喔。」

「啊，對喔。」

「等一下，我直接放到高爐裡。」

我在打開視窗的情況下走到廣場西側，叫出高爐的操作視窗後，把黑色鞭痕丟進去。浮在空中的愛劍灑下光粒然後消失不見。在爐子的燃燒室設置柴火，然後由莉茲貝特接下去操作。

鐵匠像是要悼念自己打造的劍一樣一瞬間合起雙手，然後才以打火石點燃柴火。立刻有紅色火焰晃動，最後傳出轟隆的聲音開始熾烈燃燒。

昨天晚上設置鐵礦石時幾乎數十秒就開始熔化，但黑色鞭痕卻持續承受火焰將近兩分鐘的時間。但最後還是從注入口流出白色閃亮鐵水，累積在長方形的鑄模內。盈滿後就噗咻一聲消失，然後再次開始累積。

由於只設置了一把單手劍，原本以為能夠獲得十個鑄鐵就很不錯了，但是Unital ring裡面高等級的裝備經過分解後材料的個數似乎也會增加。鐵水不斷流出，當我放棄數製造出來的鑄鐵數量時才終於停止。

「……結束了。」

如此呢喃的莉茲貝特打開高爐的視窗。

「嗯，製成的素材有……『高級鋼鑄塊』六十二個、『上等銀鑄塊』十八個、『上等隕鐵鑄塊』九個、『祕銀鑄塊』六個、『黑龍鋼鑄塊』兩個。」

「嗚哇……好像出現一堆稀有金屬耶……」

我聽著莉法帶著敬畏的呢喃聲，一瞬間想著……如果黑色鞭痕能夠製造出這麼多材料，要不要連另一把繼承武器「斷鋼聖劍」也一起熔掉算了。但最後決定把大費周章才得到的傳說級武器熔毀當成最後手段，於是就對莉茲搭話道：

「這些金屬可以製造亞絲娜、愛麗絲和莉法的裝備嗎？」

「嗯……因為我的打鐵技能熟練度也降成100了。可能沒辦法處理太高級的金屬……」

以帶著不安的聲音如此回答的莉茲貝特，把所有鑄塊移動到自己的道具欄後坐到鐵砧前的小椅子上。接著將「高級鋼鑄塊」丟到鐵砧的視窗裡並打開製作選單。

「啊，好像剛好可以製作鋼鐵武器。那我先製作愛麗絲的劍喔。混種劍就可以了吧？」

「拜託妳了，莉茲。」

「ＯＫ。」

對騎士豎起大拇指後，莉茲就握住打鐵榔頭。然後迅速敲打出現在鐵砧上的銀褐色鑄塊。

我聽著「噹噹」的清澈金屬聲，一邊祈禱新生的劍們也能夠像消失的愛劍黑色鞭痕一樣強韌。

5

——幸好潛行前什麼都沒吃。

詩乃看著眼前滋滋作響的肉塊，同時心裡這麼想著。

半熟的肉排厚達八公分，直徑則是有三十公分。在現實世界是連相撲選手都沒辦法吃完的尺寸。但是圍坐在巨大桌子前的鳥人們正豪邁地用刀子切著同樣尺寸的肉排並大口咀嚼著。

當然因為這裡是虛擬世界，所以不論吃再多東西都不會進入真正的胃裡面，但完全潛行技術神奇的地方是確實會發生飽足感，而且登出之後還會持續一陣子。對於原本食量就小而且沒有特別喜歡吃肉的詩乃來說，這種尺寸的半熟肉排是相當大的考驗。更重要的是它不是牛肉或者豬肉。

詩乃確認左右兩邊的鳥人都專注在肉排上後，迅速地擊點了一下它。浮現的屬性視窗顯示【史提羅克法羅斯的尾巴肉排】。這片肉是來自詩乃用黑卡蒂II射穿心臟打倒的恐龍。

昨夜沒有餓死而是差點渴死之前才好不容易喝到水的詩乃，打倒史提羅克法羅斯後就在狂喜的鳥人們擁簇下來到他們的村莊。

雖然還是完全無法理解他們說的話，但簡直像救世主般受到歡迎的詩乃被帶領到村子中心部的一間漂亮房子裡，於是得以在那個地方登出。今天傍晚，一回到家就喝了水直接潛行到遊戲裡，然後被半強迫地參加這場宴會……這就是事情的經過了。

有點，不對，應該說相當意外的是鳥人們的文明水準相當高。村子的每戶人家都整齊地由紅磚所蓋成，幾乎是正圓形的外圍部也由堅固的石牆包圍。鋪設磁磚的道路連結位於中心部的一座大集會場，其周圍甚至存在商店街。

現在想起來，鳥人們既然能運用毛瑟槍，那麼具備同樣等級的文明也不是什麼不可思議的事情。這樣的話，就算留下大部分的恐龍肉排，應該也不會被怪罪沒有禮貌才對……當詩乃這麼想的時候。

「ㄨㄨㄨㄨ？」

來到身邊的兒童般鳥人一邊在詩乃面前的杯子倒下像酒一樣的紅色液體一邊說了些什麼。似乎是對自己提問，但是依然無法理解內容。

「抱歉，我聽不懂你在說什麼。」

如此回答之後，小孩很疑惑般稍微打開黃色鳥喙。詩乃原本打算再次道歉，但是在她開口之前——

「那個孩子是在問妳不吃肉排嗎？」

從左邊傳來這樣的聲音，嚇了一大跳的詩乃隨即看向該處。

發言者是鳥喙兩側垂著長長灰色羽毛的老人般鳥人。

「聽……聽得懂我說的話嗎？」

詩乃以沙啞的聲音這麼問道，結果老人就揚起了嘴角。

「是啊，老身年輕時曾經跟人族一起在大陸的各地冒險。對了……巨龍肉排不合妳的胃口嗎，人族的女孩啊？」

巨龍應該是包含史提羅克法羅斯在內的所有恐龍型怪物吧。

「啊，沒有……我開動了。」

詩乃有所覺悟後就右手拿起刀子、左手拿起叉子。切下樹樁般牛排邊緣稍微燒焦的地方並且送進嘴裡。

咬下烤得酥脆的表面後，出乎意料的彈力把牙齒推了回來。但一用力咬就輕鬆地把肉撕斷，油脂的甜味在嘴裡擴散開來。吃起來就像牛肋排加上了纖維感與野性口味。雖然沒有淋醬，但辛香料發揮了作用，味道其實還不錯。

「那個……你們的語言『好吃』該怎麼說呢？」

對老人提問後得到「咻佛魯」的回答。詩乃重新轉向小孩子，重複一遍老人教她的單字。

但小孩子依然歪著頭。

「錯了，是咻佛魯。」

「啾佛魯。」

「還差一點，咻佛魯。」

「咻佛魯！」

重複好幾次之後，似乎終於傳達自己的意思了，小孩子露出燦爛的笑容並且大叫「咻佛魯！」，很開心般點了好幾次頭後就離開了。

下一個瞬間，眼前——

【獲得歐魯尼特語技能。熟練度上升為1。】

浮現寫著這個訊息的視窗。詩乃眨了眨眼睛後，豎起耳朵聽著大房間裡此起彼落的交談聲。大部分跟之前一樣聽起來是奇妙的啼聲，不過偶爾混雜著「這樣南邊的牧場就……」或者「再給我一杯紅酒……」等等可以理解的片斷字句。

放學後的會議裡，結衣曾經這麼說過。Unital ring世界的NPC所說的謎樣語言，實際上是The seed規格JA語言套件——也就是日文，因為加上了層層濾波器才會聽不懂。大概是獲得歐魯尼特語技能後有一部分濾波器得到解碼，所以才能聽得出是日文吧。繼續提升技能熟練度的話，濾波器應該就會完全解除。

就算是這樣，到底該如何提升熟練度呢？

吃了一口恐龍肉排，詩乃一邊咀嚼一邊在腦內再生獲得技能前的對話。一把肉吞下去，她就再次轉向老人。

「那個，歐魯尼特語的小刀要怎麼說？」

「嗯？叫作『菲吐』喔。」

「菲吐。」

「不對，是菲吐。」

「菲吐。」

「都說是『菲吐』了。」

「我就是說『菲吐』啊！」

詩乃忍不住粗暴地說道，結果眼前就浮現【歐魯尼特語技能的熟練度上升為２】的訊息，剛才的小孩子跑過來對詩乃遞上新的小刀。這樣就能確定——要提升歐魯尼特語的熟練度，似乎需要完美重現解碼之前的單字。詩乃想著為什麼需要如此麻煩的方式，再次對老人提問。

「……歐魯尼特語的『謝謝』要怎麼說？」

四十分鐘後。

從宴會場回到住宿處的詩乃，直接往前倒到床鋪上。

幸好鳥人也就是歐魯尼特族不存在把沒有吃完宴會食物的客人烤來吃的野蠻風俗。詩乃一邊向老人學習語言一邊拚命地把恐龍肉排送到虛擬的胃裡，但吃完一半時滿腹中樞就讓她不得不放棄了。但就算是這樣，她應該也吃了1公斤的肉。不要說遊戲世界了，就連在現實世界，她都暫時不想吃肉了。

不過參加宴會相當有意義，歐魯尼特語技能的熟練度已經提升到10，而且獲得更加貴重的情報。轉過身體變成仰躺後，詩乃打開環狀選單擊點地圖圖標。

打開的地圖上只顯示著起始位置的廢墟城市，其東方的一大片荒野、打倒巨獸史提羅克法羅斯的岩山，以及從該處往北一陣子後的歐魯尼特族村落。雖然自認為移動了相當大的範圍，但是用兩根手指縮小地圖後明亮的部分就不斷縮小，最後變成跟沙粒一樣的大小。如果以世界地圖等倍顯示這種狀態，詩乃拚死所穿越的距離根本就不到整個世界的一%。

但目前的問題不是到世界盡頭的距離，而是現在位置距離桐人與亞絲娜他們有多遠。

宴會尾聲時，詩乃幾乎問遍所有列席者知不知道巴辛族這個名字。教導她歐魯尼特語，過去曾在整個世界旅行的老人回答「未曾聽過」時雖然很沮喪，但唯一有一名列席者表示曾經聽過，於是詩乃就驅使提升到熟練度10的歐魯尼特語技能向那名鳥人詢問詳細的情報。

他本身也沒有真正見過巴辛族，只是曾經從祖父那裡聽說過這個種族，但光是獲得「巴辛族的村落在越過遙遠東南方那片『基幽魯平原』的前方」這個值千金的情報，一切辛苦就都不算什麼了。由於亞絲娜他們的圓木屋掉落在巴辛族居住的土地附近，只要朝東南方前進——或許就能與他們會合。當然，如果世界地圖的各處都存在巴辛族村落的話，就有可能朝完全錯誤的方向前進，但現在也只能相信一定能碰面然後邁開腳步了。

「……好吧！」

詩乃收起地圖後，迅速從床鋪上起身。

她已經跟歐魯尼特族的人們說過今天晚上就要出發了。他們之所以會魯莽地挑戰強敵史提羅克法羅斯，聽說是因為那隻恐龍經常襲擊村子南邊的牧場，把貴重的「普西蛸」亂吃一通的緣故。

雖然不清楚普西蛸是什麼樣的家畜，但至今為止挑戰多次卻完全不是史提羅克法羅斯對手的鳥人們知道打倒巨獸的詩乃這麼快就要離開村子都感到很遺憾。可以的話詩乃也很想暫時把這裡當成據點來提升等級——因為住宿與食物都是免費——但是想盡快跟伙伴們會合的心情還是比較強烈。墜落的圓木屋對詩乃來說是相當喜愛的地點，而且感覺不是跟亞絲娜以及桐人他們一起挑戰Unital ring世界之謎就沒有意義了。

重新裝備上獵戶座ＳＬ2與鼬皮上衣，離開住宿處的詩乃先環視了一下周圍。對面的宴會場已經沒有燈光，圓形廣場上也幾乎看不到人影。時間才剛過十九點而已，歐魯尼特族似乎沒有夜遊的文化……當詩乃這麼想的瞬間，嘴裡就呢喃了一聲「糟糕」。原本想以僅有的一百耶魯貨幣購買乾糧與飲用水，但是並排在廣場南側的商店已經全都關上店門。不論ALO還是GGO，NPC商店一般都是二十四小時營業所以才會掉以輕心，但VRMMO的常識根本不適用於這個世界。

「……如此一來，也不保證這個村子能夠使用耶魯貨幣了吧……」

再次這麼呢喃完的詩乃沮喪地垂下肩膀。由於才剛剛吃喝到肚子再也塞不進食物的地步，所以TP條與SP條都已完全回復，但是食物也就算了，實在不願意再次犯下沒有帶水就到荒野行走的愚行。看來還是等到明天早上商店開門後再出發，不然就是在村子某處找到可以免費汲水的地方……當這麼想著的詩乃呆立於現場時。

「詩乃小姐！」

突然被叫到名字的詩乃迅速往右看去。此時小跑步過來的是歐魯尼特族的年輕人以及小孩子。一開始時覺得他們所有人的長相都一樣，但現在已經可以從羽毛顏色、模樣、雙眼以及鳥喙的形狀做出一定程度的辨識。

年輕人是在史提羅克法羅斯戰時詩乃拯救的槍手。小孩子則是宴會時擔任服務生的少女。在眼前停下腳步的年輕人，伏下兩眼上的飾羽並且對詩乃問道：

「詩乃小姐，妳要ㄨㄨㄨ了嗎？」

歐魯尼特語熟練度好不容易才提升到10，所以還有一部分聽不懂，但可以推測他是在問自己是否要出發了，於是詩乃就點點頭。

「嗯，我必須到巴辛族的村子去。」

年輕人似乎聽懂詩乃的回答，只見他以擔心的表情點頭說道：

「這樣啊……我沒有ㄨㄨㄨ過巴辛族，但是要橫越東南方的基幽魯平原的話必須準備ㄨㄨ。詩乃小姐，請帶著這個吧。」

年輕人說完後遞出來的是發出烏亮光芒的毛瑟槍。詩乃不由得眨了眨眼睛，然後用力搖了搖頭。

「不行，這是你重要的槍吧？」

「不是喔！」

這麼回答的是身上長著淡茶色羽毛的少女。她往上看著年輕人以雙手拿著的毛瑟槍並且繼續說道：

「那把槍不是哥哥的，它是屬於死去的祖父。爸爸也說沒有ㄨㄨ的人了，所以就ㄨㄨ村子的恩人詩乃小姐。」

「正是如此。雖然是把老舊的槍了但品質可是ㄨㄨ。當然遠遠比不上詩乃小姐的槍，但用威力如此強大的槍來對付小型野獸與昆蟲實在太浪費了吧？」

他說的一點都沒錯。黑卡蒂的.50BMG彈只剩下6發而已，沒遇見重大的情況絕對不能亂用，獵戶座的能源條也只剩下六成左右。兩者今後獲得補給的機率都很低。

「……那我就恭敬不如從命了。」

詩乃如此回答完，年輕人就很高興般遞出毛瑟槍。一接過來，可靠的重量就傳遞到手上。年輕人接著又把掛在肩上的皮革包包拿給詩乃。

「這是子彈和炸藥。如果用光的話，子彈可以用鐵ㄨㄨ，炸藥只要用炸裂黃金的分泌液與碳粉混在一起，乾燥之後就能製作了。」

「炸……炸裂黃金？」

看見詩乃皺起眉頭，年輕人的妹妹就以雙手做出一個大大的圓形給她看。

「在ㄨㄨㄨㄨ仙人掌的根部喔！不小心踩到的話會爆炸然後受重傷，妳要小心喲！」

「嗯……嗯，我會小心。」

很遺憾的是無法聽出仙人掌的專有名詞，不過詩乃原本就不打算靠近任何仙人掌。

詩乃揹起槍，把彈藥包掛在肩上，這次換成少女從腳邊提起一個大布袋。

「這是水和烤硬的麵包！是我和媽媽以及奶奶一起做的！然後還放了毛毯，ㄨㄨ來襲的時候記得要用喔！」

這個時候還客氣的話反而顯得沒禮貌吧。雖然在意「ㄨㄨ來襲的時候」內容究竟是什麼，但也沒辦法反問，所以只能慎重地道謝並且接過布袋。結果少女就露出燦爛的笑容又加了一句：

「硬麵包雖然不怎麼好吃，但可以保存很久！xxx的時候用炭火烤，然後塗上奶油就會變得xx一點喔！」

「……嗯，我會試試看。真的很謝謝妳。」

彎下腰並再次向少女道謝後，詩乃就用自己的雙手包裹住少女的手。

「噯，可以把名字告訴我嗎？」

「可以喲！我叫費琪。哥哥叫作烏費魯姆喔！」

「費琪……還有烏費魯姆。我將來一定會回到這個村子，到時候我會帶很多禮物回來。」

「嗯！」

詩乃凝視著用力點頭的費琪，同時在內心決定一定得實現這個諾言。

晚上七點三十分。離開歐魯尼特族村莊的詩乃首先叫出地圖視窗，尋找往東南方明顯的目標。幸好夜空中的巨大月亮正發出藍白色光芒，加上夜視技能的輔助後至少可以分辨出地形。凝視東南方後，注意到一座外形宛如閘門般的岩山存在於遠方。

「……好！」

發出喊聲來鼓舞自己後，詩乃的右腳就朝著乾燥的大地踏去。雖然不知道那個叫作基幽魯平原的地方直徑有多少公里，但是今天晚上一定要突破該處抵達巴辛族的村莊。藉由打倒練功區魔王史提羅克法羅斯，等級一口氣上升到了16，另外還有背上的毛瑟槍與左腰的獵戶座SL2這兩種武器。雖然再也不想跟大型恐龍戰鬥，但不認為自己會敗給蜈蚣或者蠍子等對手了。HP也上升了，能力值也……想到這裡，詩乃才又想起這個Unital ring不存在STR與AGI等能力值。

相對地，除了技能之外還設定了各式各樣的能力。藉由升級累積了15點能力點數，因此想單獨突破危險的練功區的話，就不能囤積著點數不用。

「……我很不擅長選這種東西啊……」

這麼呢喃完，詩乃就把地圖畫面切換成能力取得畫面。放學後的會議裡，桐人說過一旦取得能力可能就沒辦法重來了。關於這一點，GGO雖然也是一樣，但Unital ring的能力選項實在太多了。

還是應該先回歐魯尼特族的村子，在安全地點登出然後用網路搜尋能力的情報比較好嗎？不行……Unital ring事件發生到現在也不過二十四小時又多一點，不能完全相信目前發表在網路上的情報。應該自己思考並且決定要讓自己如何成長——這是被死槍(Death gun)殺死的GGO玩家「ZXED」所留下來的教訓。

「……總之先用10點吧。」

如此呢喃之後，詩乃右手食指就在四個初期的能力名稱上方徘徊著。

# 6

「……我很不擅長選這種東西啊……」

我瞪著能力取得畫面並且這麼呢喃，在旁邊喝著水的莉茲貝特以傻眼的口氣表示：

「憑感覺就可以了吧。我和莉法都很乾脆就點下去嘍。」

「就是沒辦法憑感覺啊……」

我這麼嘟囔著，同時緊盯著視窗看。

中央的四個圖標排成十字形。從上面依照順時鐘方向來看分別是「剛力」、「頑強」、「才智」、「俊敏」。然後這些圖標又分別延伸出兩條線來連結新的圖標。「剛力」連結到「碎骨」與「堅守」。「頑強」是「忍耐」與「抗毒」。「才智」延伸出「集中」與「博學」。「俊敏」則是「遠奔」與「巧手」。

擊點圖標就會顯示說明文。根據說明文的內容，「剛力」是增加近身中型大型武器傷害與裝備負重量、搬運負重量。同樣的，「頑強」是增加HP值、TP值、SP值以及狀態異常抗性。「才智」是增加MP值與魔法威力。「俊敏」則是增加遠距離武器傷害、近身小型武器傷害以及跳躍距離。

也就是說攻擊手是從剛力開始發展能力樹，坦克是頑強能力樹，魔法師是才智能力樹，斥候則是俊敏能力樹，以中型近身武器的單手劍為主要武裝的我，應該什麼都不用考慮就選擇剛力能力即可，但事情不是這麼簡單。要在身為生存RPG的Unital ring存活下來，最重要的就是HP、SP以及TP值。今後可能會有一兩次，不對，可能是十次左右在快要餓死或渴死之前浮現「早知道就把『頑強』點滿……！」的念頭。

我嘆了一口氣，然後對同伴們問道：

「那麼……妳們憑感覺點了什麼能力？」

結果莉茲貝特回答「我是『頑強』」，莉法回答「我是『剛力』～」，坐在我旁邊的結衣則是笑著回答「我是『才智』！」。我眨了眨眼後就跟心愛的女兒確認。

「點了『才智』……結衣是想成為魔法師嗎？」

「是啊！我要以媽媽那種能揍人的魔法師為目標！」

「這……這樣啊。很可靠嘛。」

在ALO裡以狂暴補師之名令人畏懼的亞絲娜，其戰鬥模式之所以能成立，是因為她具備強大的防禦／迴避技巧，但認為不能破壞小孩子夢想的我克制自己，只是摸了摸結衣嬌小的頭部。不是說絕對不可能，而且不論她要選擇什麼能力，我只要在旁邊好好地守護她就可以了。

為了能夠保護女兒，是不是應該選擇坦克的能力呢……我再次陷入舉棋不定的困境，只能抬頭仰望天空。離開圓木屋時西方的天空還留有夕陽的殘照，現在已經完全消失，漆黑的雲不斷流過朦朧的星空。

「嗯嗯～如果也可以知道衍生能力的內容就好了……」

由於只有現在可取得能力才能讀取說明文，所以我才會發出這樣的牢騷，結果在正面啃著小小樹果的莉法就傻眼地說：

「那你問我們不就得了。」

「咦……啊，對……對喔……」

她們三個人都取得最初的能力了，所以可以看見衍生能力的說明文。為了掩飾尷尬而乾咳了幾聲後，我才依序看向三個人。

「那麼要麻煩三位指點一二了。」

「真拿你沒辦法……」

聳了聳肩的莉茲迅速打開環狀選單。

「嗯，『頑強』的衍生能力呢，『忍耐』是強化格擋時的傷害減少效果，『抗毒』正如同名字一樣是強化減少毒性傷害的效果。」

「唔嗯唔嗯。」

接著換莉法凝視視窗。

「『剛力』的衍生能力，『碎骨』是增加格擋時的貫穿傷害，『堅守』是強化格擋時回彈減少效果。」

「唔嗯……？」

接著結衣則是在完全沒有看視窗的情況下進行解說。

「至於才智的衍生能力嘛，『集中』是增加MP條回復速度，『博學』是加快語言技能的熟練度上升。」

「唔嗯～～～」

語言技能應該是能夠跟NPC對話的技能，不過只要結衣在的話就還不需要。由於實在沒有打算成為魔法師，所以「才智」能力樹可以從候補名單內移除，但即使知道「剛力」與「頑強」的衍生能力內容後還是很煩惱。

「嗯……感覺『堅守』與『忍耐』的性能很相似啊。減少回彈與減少傷害為什麼是不同的能力樹呢……？」

「『堅守』大概不是盾牌而是以武器格擋為主吧？阻擋攻擊之後身體沒有失去平衡的話，就能比較快反擊啊。」

莉法的說明讓我點頭想著「原來如此」。

碎骨
堅守
剛力
巧手
俊敏
遠奔
頑強
才智
集中
博學

「『剛力』能力樹也不完全偏向攻擊嗎……那麼，我果然還是點這邊的能力吧……」

「不能一次選兩個系統嗎？」

莉茲貝特對我這麼問道，我則是再次發出沉吟聲。

「嗯～也不是說不行，但是像這種的通常都是鑽研單一系統最後才會比較強喔。」

「那桐人你就完全強化攻擊就好啊。這才最符合你的個性。」

莉茲的話讓莉法咧嘴發笑，結衣則是笑眯眯地點頭。不論是在SAO還是ALO，我都不是純正的攻擊手才對啊……心裡雖然這麼想，但她們三個人的意見似乎相同，我想亞絲娜、西莉卡和愛麗絲如果在這裡的話也不會有異議吧。

「……我知道了，不過輔助就要拜託妳們嘍。」

「好好好，我會守住你的背後。」

我一邊聽著莉茲的回答，一邊再次觸碰「剛力」圖標，然後按下說明視窗最下方的「取得」鍵。按下將消費1點能力點數的確認對話框的Yes鍵，視窗就隨著帶有爽快感的音效發出光芒，原本是黑白的「剛力」圖標變成紅色。

這樣就能夠取得「碎骨」與「堅守」兩種能力了，但是它們必須得消費2點能力點數。由於每個能力都有十個等級，這時是要先把「剛力」提升到第10級，還是先取得「碎骨」就是值得思考的地方了。雖然能力點數還剩下11點，但是把它們全部用光也讓人感到猶豫。

猶豫了一陣子後，我決定先取得「碎骨」能力。於是前方又出現兩個衍生能力。

其中之一是「亂擊」，效果是連續攻擊時增加第二擊開始的傷害值。另一個是「遠擊」，效果是增加範圍攻擊的距離。雖然早就料到，不過想取得兩個能力都必須付出3點。也就是說，想把「剛力」「碎骨」「亂擊」全都提升到等級10的話，就必須投入60點能力點數才行。而且能力樹應該還會繼續延伸。

「真是一條漫長的道路……」

我忍不住這麼呢喃，同時把「剛力」提升到等級5。這樣就消費了7點，目前還剩下5點。回到能力值畫面後，「剛力」的效果似乎立刻顯現，裝備負重量表與搬運負重量表的使用率都降低了許多。由於這款遊戲必須攜帶大量的水與食物、素材，所以這種能力雖然不起眼，但是相當有用。

「……好，我取得能力嘍。」

如此宣言並關上視窗後，莉茲就以輕鬆的口氣對著我問：

「還剩下幾點？」

「5點吧？」

「看，果然剩下5點以上！打賭是我贏了！」

「……啥？」

在啞然的我面前，莉茲朝莉法伸出右手。莉法則在那隻手掌上投下大量樹果。看來她們是打賭我會剩下多少點數。

「真是的！哥哥！留下那麼多要幹什麼，是男人就要一口氣全用光啊！」

當我遭到妹妹不講理的斥罵時，結衣就像要安慰我一樣摸了摸我的頭。

我們用完餐後，就從成為即席安全地帶的大岩石上來到地面，然後再次往西南方向前進。就算沒有照明，單靠星光還是能看見自己的腳邊。

我們早已穿越森林，周圍是一大片乾燥的草原。或許因為是夜晚吧，出現的怪物主要是以鬣狗與蝙蝠等夜行動物為主，雖然不至於能輕鬆獲勝，但也沒有吃到什麼苦頭。當然這是因為有莉茲幫忙製造的鐵製武器與防具，如果還是拿著石頭小刀與草衣的話，可能根本無法離開森林吧。

飲用水的話已經用亞絲娜幫忙製造的素燒水壺在河川裡裝滿了水，但食物就只帶了一點緊急時使用的熊肉乾，基本上必須在途中自行覓食。鬣狗的肉即使烤過了也無法入口，但經常可見的矮樹上長著胡桃般的樹果，雖然要把殼打破有點辛苦，但它的味道倒還算不錯。出發後經過了兩個小時，目前TP條與SP條都還維持在八成左右。

「莉茲，還要多久才抵達巴辛族的村子？」

依然叫出地圖視窗的莉茲走在前方，我對她這麼問完後，鐵匠沒有回頭就直接回答：

「好不容易才走完三分之一喲。前面有一個兩棵超級大樹並排在一起的地方，那裡就是中間點了吧？」

「妳說大樹，是像阿爾普海姆的世界樹那麼大嗎？」

聽見莉法的問題後，莉茲就一邊苦笑一邊搖頭。

「當然沒有那麼大了。昨天看到時已是深夜，所以沒能看得很清楚，不過大概是一百公尺左右吧？」

「話說回來……巴辛族他們在通過可以看到那兩棵大樹的山丘時，曾經停下腳步來祈禱對吧。」

這時插話的是和我牽手走路的結衣。莉茲貝特也點頭表示「啊，沒錯沒錯！」。

「……向巨樹祈禱嗎……」

這麼呢喃的瞬間，就感覺記憶深處受到連續刺激，但是連自己都不清楚是聯想到什麼。原本想開口要結衣搜尋ＶＲＭＭＯ相關的資料庫，但立刻就打消念頭。現在的結衣不是導航妖精，跟我一樣被賦予了玩家帳號。而且她似乎對這一點感到很高興。可以的話，希望盡量不把她當成便利的ＡＩ。

於是我本來打算詢問結衣她們是否一起祈禱了來取代剛才的問題，但從北方吹來的濕冷風讓我反射性縮起脖子。

「風景像是熱帶草原，夜晚卻這麼冷嗎……結衣，妳會不會冷？」

「嗯，我不要緊。因為莉茲小姐幫忙製作了鎧甲。」

正如她所說的，從昨天再次見面時就一直只穿一件白色洋裝的結衣，現在胸前裝備著薄薄的胸甲，雙手雙腳上也裝備著同樣外觀的手套以及靴子。鎧甲下面依然是洋裝，而這樣的打扮看起來並不保暖，不過莉茲貝特的打鐵技能熟練度有１００——雖然下降了但現狀已經算很高了——說不定打造的鎧甲還附加了防寒效果。

而莉茲貝特本人則繼續使用從巴辛族那裡獲得的皮甲與單手用鎚矛，熔解黑色鞭痕所製成的鑄塊只做了小型圓盾給自己。另一方面，莉法則跟我一樣獲得了四件一組的金屬鎧甲與單手／雙手兼用的長刀，跟只有一把石頭小刀石比起來可以說有天壤之別，已經變身成重裝戰士了。但是走在我前面的莉法，一被北風吹到就全身縮起來叫了一聲「好冷！」。

拖著金色馬尾轉過身子，然後靈巧地面對著我往後走並且說道：

「桐人啊，不能用鬣狗的毛皮做披風之類的嗎？」

「別強人所難了，我又沒有裁縫技能。」

「那就用跑的吧！也可以縮短時間！」

「咦咦……妳在社團是經常跑步沒錯，但我又沒參加社團……」

「我說啊，虛擬世界跟有沒有參加社團無關吧！」

面對莉法的指謫，發現確實如此的我還是乾咳了一聲來把事情帶過。

「而……而且跑步的話會平白讓TP與SP減少……現在又看不清楚地面，這樣很危險……」

「爸爸，我有火把喔！」

突然這麼大叫的結衣，打開道具欄後拿出一根棒狀物。仔細一看之下，是在樹枝前端捲上枯草所做成的物品。在圓木屋使用的照明是簡單的枯枝，所以算是進化了一級。

「這是結衣做的嗎？」

「是啊，但想出製造方式的是莉茲小姐。」

「哦～不愧是工匠職。」

「稱讚我也沒有獎品喔。」

邊走邊看向這邊的莉茲貝特，稍微隔了一陣子才繼續說：

「但是，還是做好奔跑的準備會比較好。昨天巴辛族的人曾經說過。這裡……好像是基幽魯平原吧？偶爾會吹起冰風暴，那時候如果不裹著毛皮，或是到附近的洞窟避難就會凍死。」

「啥！妳為什麼不早點說呢？」

「因為是好幾年才會發生一次啊。」

「我說啊，遊戲世界的話這種情況都是以一天一次的頻率……」

當我話說到這裡時，身邊的結衣就發出不安的聲音。

「對不起，爸爸。我也聽說這件事了，但是沒有把它分類為重要情報。」

「沒……沒有啦，結衣妳沒有錯喔。說起來熱帶草原怎麼可能會吹冰風暴呢。」

「喂！跟我的對應也差太多了吧！」

正當莉茲貝特鼓起臉頰的時候。

北方再次有強風襲來，讓我們四個人同時縮起上半身。感覺似乎比剛才還要冰冷，而且還帶有些許水氣。仰望天空就發現漆黑的碎片雲以猛烈的速度從北往南流動。

「……我有種不祥的預感。」

我對莉法的話回應了一句「贊成」，然後低頭看向結衣。

「結衣，讓我點燃那根火把吧。」

「了解了。」

嚴肅地點點頭後，結衣就把捲著枯草的前端朝向我。我從腰部的道具袋裡取出打火石並且用力碰撞。現實世界的打火石，不和名為火鐮的鐵片互相敲擊的話就不會出現火花，但在這個世界裡，即使兩邊都是石頭也可以使用。就算沒有取得才智能力樹，總有一天一定要學會火屬性魔法……這麼想的我拚命擊打後，在第七下終於成功點火讓枯草開始燃燒起紅紅的火焰。

把打火石放回袋子裡，然後高高舉起結衣交給我的火把。由於風勢很強，火焰也跟著劇烈搖晃，但似乎不會輕易熄滅。

我迅速環視周圍，尋找看起來有洞窟的地方，很遺憾的是因為光量不足而無法看到遠方。但還是能看見東邊有類似岩山的細長剪影，西方則是平緩的山丘稜線，於是開始思考該往哪一邊走。

雖然還不能確定真的是冰風暴要襲來，但等真的發生才要找避難所就太遲了。要有洞窟的話岩山的機率應該比山丘還要大。但是像塔一樣的岩山就算有洞窟也可能不夠深……這時在猶豫不決的我右側——

結衣突然發出尖銳的叫聲。

「爸爸，有什麼從北方過來了！」

「什麼……」

當我急忙將火把朝向順風處時，一道巨大的影子同時也在光線中無聲地衝進來。

在僅僅五公尺前方停下來的影子，壓低了身體發出「咕嚕嚕……」的低吼。那不是至今為止戰鬥過好幾次的鬣狗。包裹在黑色毛皮底下的胴體雖然纖細，但是遠比鬣狗還要大，前腳也強壯許多。牠不是犬科而是貓科……以圓形耳朵來看應該是豹類。

「嘎嚕哦！」

發出極凶猛聲音的黑豹以發出淡淡藍光的雙眼瞪著我們四個人。雖然浮現「竟然在這種時候！」的念頭，但牠似乎不是能夠逃走的對手，而且明顯對我們有敵意。沒辦法的我只能把火把移到左手，然後右手握住劍柄叫道：

「要戰鬥嘍！」

莉法同時拔劍並往前走出一步。我對從腰帶扣環解下鎚矛的莉茲呢喃「結衣拜託妳了」，就聽見「包在我身上」的可靠回答。

看見我的長劍與莉法的長刀之後，黑豹就露出銳利的牙齒。雖然沒有劍齒虎那麼誇張，但是比現實的豹牙長了三倍。毛皮是比夜色更濃的漆黑，從脖子到背後都帶著泛藍光澤。

黑豹把身體壓得更低，開始進入跳躍姿勢。攻擊的目標是我。決定以劍技迎擊的我也把劍舉到右肩。

突然間，巨大咆哮聲刺進耳裡。來源不是黑豹。是風聲——

一陣猛烈到之前的風都只是小兒科般的強風襲來，我只得踏穩雙腳加以抵抗。一直撐到剛才的火把終於被吹熄，視界陷入一片黑暗當中。堅硬的顆粒不斷打在外露的臉和手上。這是冰……冰雹。

雖然想著「豹和雹一起來嗎！」但是沒有機會說出口。伏在地面的豹用力跳了起來。我反射性要發動劍技「垂直斬」，但是在跨出腳步前就停止攻擊並轉過身子。

黑豹以驚人的跳躍力一次跳過我們四個人並且在後方著地。牠再也不把我們當成目標，直接朝南方跑去。

「噯……牠是不是在逃避冰風暴啊……」

我跟莉茲有完全一樣的想法。推測沒有錯的話，混雜著冰粒的陣風是連怪物都得避難的冰風暴即將襲來的前兆，而那隻黑豹應該知道可以避難的地方。

「……要追上去嘍！」

一叫完，我就把劍收回劍鞘裡，然後用右手握住結衣的手開始跑起來。莉茲貝特與莉法也從後面跟上來。黑豹的剪影融化在黑暗中，再被拉開數公尺恐怕就會跟丟。

由於火把熄滅了，所以無法確認腳邊是否安全。四個人裡要是有誰踢到坑洞或者石頭而絆倒，這場追蹤就要結束了。我一邊祈禱真正的幸運能夠降臨一邊拚命跑著。原本想把結衣抱起來，但既然同樣是玩家，那麼敏捷力就不會有太大的差距，她沒有落後而是確實地跟了上來。

追著輕盈奔馳的黑豹兩分鐘後。前方出現一座小山丘。黑豹朝著山丘底部用力跳去後，直接就像被吸進去般消失無蹤。遲了一會兒後我們也抵達該處，發現底部有一個高一公尺左右的洞穴正張開黑漆漆的大嘴。

停下腳步的瞬間，從後方降下的冰雹就擊中我的鎧甲發出噹噹的聲響。雖然現在的直徑不到一公分，但這場冰雹不可能這樣就結束。氣溫應該也驟降了許多吧，呼出的氣息已經變成白色。

看了一下ＨＰ條，發現已經開始慢慢減少。不必思考也能理解在ＨＰ條右側閃爍著的冰晶模樣異常狀態圖標是什麼意思。

「爸爸，我們到裡面去吧！」

我對結衣緊繃的聲音點點頭。洞穴一直延續到深處，這時我也只能祈禱黑豹到更裡面的地方去了。

放開結衣的手，為了慎重起見拔出劍來靠近入口。即使往裡面窺看也因為一片漆黑而看不到任何東西。就算點亮火把，在這樣的強風下也撐不到一秒就會被吹熄。我下定決心，往前彎下身體後進入洞內。

洞穴是呈平緩的下坡，越往裡面前進天花板也變得越高。地上的山丘雖然不高，但洞穴的本體似乎在地面下整個擴展開來。稍微放下心來的我慎重地往前進。

往下十公尺左右地面就不再傾斜，我便停下了腳步。撐起前屈的身體，即使將右手的劍舉向正上方也碰不到天花板。看來我們來到相當寬敞的空間了。而且也感覺不到黑豹的氣息。

確認ＨＰ條後，ＨＰ已經停止減少，冷氣圖標也消失了。呼一聲吐出一口氣，接著看向後方。洞穴裡是一片黑暗，視界幾乎等於零。

「大家都在嗎？」

如此呢喃後，就聽到「是的，爸爸」「我在喔」「在喲～」的回答。我為了先再次點燃左手的火把而準備把劍放回去。但就在這個時候。

「啊，那個……」

莉法發出沙啞的聲音，我迅速地反轉身體。

依然什麼都看不見。當我拚命瞪大眼睛，就出現【獲得暗視技能。熟練度上升為1】的訊息，黑暗則稍微變淡了一些。下一刻，我也注意到那個了。

洞穴深處浮著兩道藍光。想著到底是什麼而繼續凝視後，光芒一瞬間消失然後再次亮起。簡直就像在眨眼……等等，不是好像那真的是眨眼。那是先進入洞穴的黑豹的眼睛。

黑豹似乎察覺我們注意到牠了……

「咕嚕嚕嚕……」

於是發出這樣的低吼。藍色雙眸輕輕浮動。原本躺著的豹似乎站起來了。黑暗中的視力對方應該比我們強上數倍，在這樣的狀況下開始戰鬥的話我們根本沒有勝機。

「結衣，幫忙把火把點著。」

一這麼呢喃完，我就把左手的火把往後伸去。

「好的。」

這麼回答的結衣接過火把。雖然準備繼續把打火石交給她，但是在這之前就聽見奇妙的聲音。

「鏘、鏘」的尖銳摩擦聲。我不認為黑豹能發出這樣的聲音。一邊警戒前方一邊迅速回頭，就看到洞穴入口方向有發出白光的極小粒子降下。

站在最後面的莉茲貝特一碰到粒子就「哈啾！」一聲打了個噴嚏，接著莉法大叫「好冷！」，結衣發出「哈嗚……」的聲音，最後我則是劇烈地發起抖來。那不只是用冷所能形容。冷氣圖標再次點亮，HP開始以明顯的速度減少。這個地方無法阻斷從入口湧入的冷氣。豎起耳朵就能聽見類似悲鳴的細微寒風聲。我實在不願意想像外面變成了什麼模樣。

「哥哥，得到更裡面去才行！」

莉法發抖的聲音讓我回叫著「我知道但豹擋在前面！」。占據洞穴深處的黑豹雖然沒有發動攻擊，但還是一樣持續發出低吼。可以想像得到只要稍微靠近牠就會撲過來。

HP條已經減少超過一成。按照這個速度來看，應該不到三分鐘就會歸零。即使知道不利也只能跟黑豹戰鬥了嗎……我咬緊嘴唇後，發現在那之前還有一件事可以嘗試。

我靜靜地放下長劍，把手伸進道具袋內，然後拿出薄板狀的道具。那是亞絲娜幫忙製作的熊肉乾。雖然是貴重的乾糧，但在這裡凍死或是戰死的話就再也沒有機會品嚐了。

「來，很好吃喲～來吃大餐～」

我對著發出藍光的眼睛這麼呼喚，然後靜靜丟出肉乾。豹的視線移向發出細微聲響掉落到地面的肉乾。然後……再次眨了眨眼睛。

藍色雙眸無聲地朝向肉乾靠近。感覺牠正在聞肉乾的氣味。經過緊張的幾秒鐘後，可以聽見咬下的聲音。黑豹撕裂了肉乾。下一個瞬間，黑暗中出現發光的環。簡直就像車輛時速表的環，從左下方開始有三成左右變成紅色，前端正不停地上下變動。是亞絲娜在馴服阿蜥時表示看到的馴獸計量表。

我從袋子裡拿出新的，同時也是最後一塊肉乾並且丟出。黑豹立刻咬下，計量表又上升了一成左右。

「大家把肉乾給我。」

我把右手往後伸，結衣就立刻把肉乾放到我手上。估算黑豹吃完的時機，丟出第三片肉乾。計量表繼續上升，終於達到五成。最初的一片三成，接著一片能夠上升一成的話，結衣應該還有一片，莉茲和莉法應該各有兩片，所以應該還足夠才對。

相信自己的計算，持續對黑豹丟出肉乾。和馴獸計量表的上升呈反比，我們的HP不斷減少。等級13的我HP總量比等級4～5的結衣她們還要多，這時她們三個人排在視界左上方的HP條已經不到五成。

雖然焦急地想著「快一點、快一點……」，但這種遊戲的馴獸最重要的應該就是時機。餵完一個飼料後，當計量表上升期間再餵下一個飼料……時機不論太快或太慢都會失敗。

把得自結衣以及莉茲的肉乾都丟出去後，馴獸計量表就上升到八成。亞絲娜在馴服阿蜥時，應該只餵了三片熊肉就讓計量表全滿了，但這隻黑豹的上升效率實在不怎麼樣。因為不是生肉而是肉乾的緣故嗎，或者是因為怪物的等級比較高呢？

「莉法。」

「ＯＫ。」

我丟出放在右手上的第九片肉乾。黑豹大口吃下，計量表上升到九成。

「莉法。」

「我沒有了喔。」

「…………啥？」

我轉過頭去，對在黑暗中依稀可以看到剪影的妹妹逼問：

「怎麼會沒有，亞絲娜不是給我們一人三片嗎？剛才休息的時候每個人吃了一片，這樣應該還有兩片……」

「因為我剛才吃了兩片。」

「啥？」

「有什麼辦法嘛，我肚子餓了啊！」

「什麼……」

雖然感到愕然，但沒有的東西就是沒有。事到如今才想不應該把鬣狗的肉丟掉也太遲了，何況也不認為黑豹會想吃那種臭到令人絕望的肉。

轉向前方後，浮現在黑豹眼前的馴獸計量表正在九成上下變動著。這樣放著不管的話將會開始下降，至今為止的努力就白白浪費掉了。

僵住的我耳邊傳來結衣細微的聲音。

「爸爸……我的ＨＰ已經……」

「結衣……」

我丟下左手的火把然後把心愛的女兒拉過來，然後用雙臂緊抱住她。即使透過鎧甲也能感覺到嬌小的身體冰冷到極點，目前正不斷微微發抖。確認ＨＰ條後，殘量只剩下一成左右。絕對不能讓她在這個地方凍死。

我下定決心後就抱著結衣一點一點地前進。越往洞窟深處寒氣就越趨緩和，但黑豹又開始發出低吼。馴獸計量表一邊搖動一邊開始減少。

已經沒有可以餵食的飼料。但是提升計量表數值的方法不是只有餵食而已。

「不用害怕……我不是敵人……」

我一邊對黑豹這麼呢喃一邊繼續靠近。黑豹的低吼聲雖然變大了，但是沒有逃走也沒有要襲擊過來的跡象。

雙方的距離剩下兩公尺……一公尺……五十公分。靠到這麼近之後，終於可以看見黑豹的身形。牠正低下頭，似乎隨時都可能撲過來。馴獸計量表已經降到剩下八成。

我帶著手可能被咬掉的覺悟伸出右手。碰到黑豹強壯的脖子後，牠的身體就震動了一下。

「乖孩子，不用怕喔……」

我用指尖靜靜摸著牠光豔的毛皮。「咕嚕嚕嚕……」的低吼沒有消失。馴獸計量表也持續一點一點下降。但這時候要是露出恐懼的模樣應該就會立刻遭到襲擊吧。左手依然抱著結衣的我，只是專心動著右手。黑豹的肌肉緊繃、放鬆然後再次緊繃。

「咕嚕嚕……嚕嚕嚕嚕……」

黑豹的頭隨著變低沉的吼聲垂下。這是攻擊的前兆還是……

「嚕嚕嚕……呼嚕嚕嚕……」

突然注意到原本沒有間斷的吼聲，曾幾何時音調已經改變了。「呼嚕嚕嚕……」這種渾厚的低音，聽起來簡直就像貓咪從喉嚨發出的聲響。

強壯的肌肉完全放鬆的同時，馴獸計量表也停止減少並再次開始上升。黑豹整個躺到地面後就任憑我撫摸了。計量表再次到達八成，隨即超過九成。

「很好很好……乖孩子……」

我一面呢喃一面把左手往後伸。看過成功馴服阿蜥那一幕的莉法，立刻把天根草的繩子交

給我。

像要吊人胃口般緩緩增加的馴獸計量表終於到達十成的瞬間，我就把繩子的一端繞過黑豹的脖子做成項圈。好不容易以僵硬的指尖打好結後，黑豹巨大的身體就發出光芒，頭上跟著出現綠色立體浮標。環狀HP條下方以片假名顯示著種族名稱。名稱是【貝流離暗豹】。接著視界中央又浮現【獲得馴獸技能。熟練度上升為1】的訊息。

——先不理會不是黑豹而是暗豹一事，貝流離又是什麼意思？

但是根本沒有多餘的時間去追究這個問題。我對著莉法與莉茲貝特表示：

「貼在豹身上！」

一叫完自己也像是要把結衣壓在豹脖子上一樣抱住了牠。莉法她們也趴在暗豹長著柔軟毛皮的腹部。

豹的體溫相當高，熱量慢慢傳到原本快要凍僵的身體上，我這才輕吐了一口氣。HP終於停止減少，冷氣圖標也消失了。入口處依然有冰粒吹進來，但是無法抵達洞穴深處。

終於感覺舒服多了後，我便隨口詢問：

「……貝流離是什麼？芹菜嗎？」（註：貝流離的日文發音與芹菜相似）

結果莉法撫摸豹泛藍的背部並且回答：

「背部的毛是琉璃色的意思吧？」

「啊……背琉璃嗎……」

聽見我的呢喃後，莉茲貝特就對我問道：

「那麼，你要幫這個孩子取什麼名字？」

「嗯？這個嘛……『小黑』吧。」

考慮了兩秒後一這麼回答，莉法與莉茲就同時大叫「太隨便了！」。但是結衣卻說「我覺得簡單的名字很不錯」，於是我就詢問當事者。

「很不錯的名字吧，小黑？」

結果黑豹簡短地發出「嘎嗚」的吼叫聲。

# 7

「……果然應該問個清楚的……」

這麼呢喃完，詩乃就舉起緊緊裹在身上的毛皮邊緣並窺看外面。

數分鐘前還是乾燥草原的練功區染成一片白色。伸手掬起白色物體後，白色細微顆粒就從指尖不斷落下。堆積的不是雪而是冰粒。

歐魯尼特族的少女費琪把這件毛皮送給自己時，說過「ㄨㄨ來襲的時候記得要用喔」。因為語言技能的熟練度不足而沒能聽出來的單字應該是「冰風暴」之類的吧。或許是「地獄的極寒暴風雪」也說不定。眼前的暴風雪確實強大到讓人忍不住浮現這種想法。即使鑽到岩石底下的凹陷處，再用厚厚毛皮披風裹住全身，ＨＰ還是被削除了將近五成。

確認打開披風也沒有亮起冷氣圖標後，詩乃就從岩石底下鑽出來。環視月光照耀下的白銀世界然後發愣了一陣子。

從歐魯尼特族的村子出發已經過了一個小時，由於盡可能持續地奔跑了，在被捲進冰風暴之前應該移動了二十公里吧。看見連地平線都埋在冰粒底下的模樣，就開始擔心起村子的安危了。不過當然不能回去。雖然不清楚距離巴辛族的村子還有幾公里，但今天晚上不抵達該處的話，就得在基幽魯平原的正中央登出了。雖然VR遊戲界的Unital ring事件是繼二〇二二年的SAO事件以來的緊急事態，但詩乃還是沒有膽量以它作為翹課的理由。

壓抑下現在立刻再次開始移動的心情，詩乃再次坐到岩石的陰影底下。將毛皮披風收進道具欄裡，然後取出費琪送的硬麵包，開始一點一點啃著。雖然硬到像是要讓牙齒崩斷而且也沒什麼味道，但是為了節省火烤的時間還是忍耐著繼續吃下去，結果HP與SP就開始一點一點回復。好不容易讓HP回復到八成後，就喝起水壺的水。由於在奔跑當中消耗了不少水，差不多得尋找水源來補充了……

「……啊，說不定……」

這麼呢喃完就用雙手掬起附近堆積了許多的冰粒來裝進水壺裡。等了一會兒後冰開始融化，水量跟著回復。重複同樣的作業之後水壺立刻裝滿了水。由於氣溫開始上升了，地面上的冰應該馬上就會融化了吧。如果有容器，現在就能盡情補給飲用水了……這麼想的詩乃咬牙環視著周圍。附近當然沒有水壺掉落，也沒有能製作容器的素材，當然詩乃也沒有製作的技能。

仔細看著歐魯尼特族的水壺，似乎是由經過防水加工的皮革所製成。至今為止都沒有注意到，不過跟裡面的水比起來，這個輕量且堅固的水壺可能更加貴重。不論是毛瑟槍還是近代化建築物，為什麼他們擁有如此高度的技術雖然令人在意，但應該要很久之後才能再次回到那個村子了。

詩乃先把剛才融化的冷水大口喝下讓TP條完全回復後，再次把冰粒放進水壺裡面。快速跑動的話，在冰粒完全消失之前應該還能補給個一次吧。

揹起靠在岩石上的毛瑟槍，確認左腰上還掛著雷射槍後，詩乃就猛然在白銀的平原上跑了起來。

詩乃將儲存了15點的能力點數消費了10點所取得的能力是「俊敏」能力，以及從該處衍生的「遠奔」與「巧手」。就效果來說，「俊敏」是增加遠距離武器傷害、近身小型武器傷害以及跳躍距離。「遠奔」能緩和奔跑中的TP、SP條減少。「巧手」是增加遠距離武器命中率與開鎖成功率。雖然「遠奔」衍生出來的能力「疾驅」與「輕功」，「巧手」衍生出來的能力「要害瞄準」與「熟練」也令人在意，但是要取得第3階的能力必須花3點所以就忍了下來。雖然覺得以自己的個性來說留下5點似乎有點太慎重了，但感覺今後也會出現需要「俊敏」技能樹之外的能力——尤其是「頑強」技能樹的場面。

總之目前「遠奔」的緩和TP・SP減少效果相當大，只提升到第2級減少速度就明顯變得緩慢多了。沒有取得它的話，實在沒辦法一個小時就跑完二十公里。

為了彌補受暴風雪牽連而停下腳步的時間，詩乃拚命地跑著。至今為止除了躲避怪物之外，連看起來似乎躲藏著怪物的地形都必須迴避，但牠們可能為了躲避冰風暴而躲到地底下去了吧，由於完全看不到會動的東西，所以詩乃便持續朝著東南方猛衝。累積了二十公分左右的冰粒，雖然一踩上去就會發出沙沙聲，但是跟雪不一樣，因為結構相當結實，所以沒有想像中那麼棘手。

跑了十五分鐘左右，腳邊的冰層慢慢變薄了。冰粒隨著氣溫上升開始融化。詩乃停下來喝水壺裡的水，回復了TP後再以殘留的冰粒補充飲用水。在進行這樣的作業期間冰粒也不斷地蒸發，接下來得另找水源了。可以的話希望在那之前就能橫越基幽魯平原……這麼想著的詩乃隨即看向前方。

然後就注意到再次出現星光的夜空地平線附近浮現漆黑的稜線。那是山脈……不對，是斷崖嗎？斷崖就像一道牆壁一樣，分隔一路延伸了將近三十公里的蒼茫草原練功區。

基幽魯平原是在那裡結束嗎？這樣的話巴辛族的村子就在那道牆壁的附近嘍？

如此期待的詩乃，從北到南一直盯著斷崖的底部看。但是看不見人工光線般的東西。現在的時刻是將近夜晚的九點。感覺村子裡的亮光要全部消失好像還太早了，現在也只能這麼相信然後繼續前進。

一旦開始融化之後冰粒就迅速開始蒸發，草原恢復原本的模樣。為了躲避寒氣而躲藏起來的野獸與昆蟲應該也會再次開始活動吧。接下來要注意怪物的氣息——詩乃即使這麼對自己說道，小跑步中的雙腳還是沒有停下來。

靠近之後，發現斷崖的規模比想像中還要大。

高度隨便就超過五十公尺，由於幾乎呈完全垂直狀，所以不可能爬上去。就算想從北或者南邊繞過去，也因為斷崖延續到能看見的範圍之外，無法判斷該往哪一邊。

雖然詩乃沒有直接看見的機會，但是據說Underworld的人界是被稱為「不朽之壁」的境界牆分割為四個帝國，就連貴族甚至是皇帝都不允許越過那道牆。之所以能夠實行如此蠻橫的規則，也是因為那個世界不是遊戲的關係。既然這個Unital ring還算是遊戲，牆壁的某一處應該會有穿越牆壁的道路才對。

詩乃環視周圍，找到平坦的岩石後就爬到上面。確認過附近沒有怪物，詩乃就打開道具欄將愛槍黑卡蒂II實體化。

即使知道是白費力氣，她還是試著要舉起穩穩鎮座在岩石上的反器材步槍，結果槍械沒有絲毫移動。即使升上等級16，裝備重量還是超出自己能負荷的範圍許多。詩乃吞下嘆息，以臥射姿勢窺看瞄準鏡。當然也可以從黑卡蒂上把它拆下來當成迷你望遠鏡來使用，但這麼做的話再次裝上時，就必須重新調整軸線與歸零校正。雖然跟現實世界的步槍比起來調整作業已經簡略化許多了，但因為需要試射，所以現在實在辦不到。

因此詩乃才會辛苦地改變黑卡蒂的方向，仔細地檢查著五百公尺前方的斷崖。泛黑的壁面凹凸少到不像是天然地形，想徒手攀登果然是自殺行為吧。雖然到處長著小樹，想抓住它們往上爬的話數量又明顯不足。由於觀察北側後沒有發現任何東西，所以用黑卡蒂的兩腳架作為支點來使勁改變方向，開始眺望起南側。結果——

「……啊……」

發出細微的叫聲後，詩乃調升了瞄準鏡的倍率。一部分斷崖上被鑿出階梯般的斜坡。心跳加快的詩乃以視線追上去後，發現斜坡的最上部被一個漆黑的橫向洞穴吞沒。

找到穿越斷崖的通路產生的興奮與身為狙擊手不想鑽進狹窄洞窟的不安同時在內心湧現。但不論如何，除了進到那裡去之外也沒有其他選擇了。把黑卡蒂收回道具欄並站起身子。HP已經藉由硬麵包回復，TP與SP也還有將近九成。雖然想有效利用一直全滿卻無處可用的MP，但目前完全不清楚習得魔法技能的方法。

難得繼承了狙擊槍技能，不能當魔法劍士當個魔法槍手也不錯……詩乃一邊這麼想一邊朝著巨大的斷崖跑去。

8

冷冽藍色月光照耀著覆蓋在純白冰粒下的平原，即使知道這是虛擬的光景，它依然美到令人默默看著它入迷，但剛加入小隊的背琉璃暗豹小黑用頭輕戳著我的腰部讓我回過神來。

「嚕嚕嚕……」

喉嚨發出這樣的聲音，似乎在說我們快走吧。我邊搔著牠的脖子邊回答：

「也是啦。再一下下就要抵達巴辛族的村子了。」

實際上村子並非最終目的地。我們要在那裡收集與詩乃遭遇的鳥人相關的情報，然後就必須再次開始移動。在今天凌晨十二點前能夠跟詩乃會合就已經是謝天謝地了，應該要這麼想比較好吧。

託冰風暴的福，雜兵怪物全都消失無蹤了，所以我想著要趁現在盡量多趕一些路並且準備宣布出發的號令。但莉茲貝特卻比我快一些發出帶有不安的聲音。

「桐人，關於這件事呢……」

「妳指的是……巴辛族？」

「嗯。我和西莉卡以及結衣曾經在巴辛族的帳篷裡面吃飯……那時候地板上鋪著許多毛皮地毯。」

「然後呢……？」

「裡面好像也有混雜著黑色與藍色的地毯……」

「…………」

我把視線從莉茲的臉移到小黑的背上。正如種族名稱，漂亮的琉璃色毛皮點綴著烏亮的黑毛。很快就跟小黑打成一片的結衣，一邊摸著牠的背部一邊以認真的表情補充道：

「帳篷的角落確實鋪著這種配色的地毯。顏色成分有九十七％與小黑先生的毛皮相同。」

結衣的記憶絕對不可能出錯。看來可以確定巴辛族會在平原上狩獵背琉璃暗豹了。

就算是這樣，一般遊戲的話ＮＰＣ絕對不可能攻擊玩家馴服的野獸，但是無法保證這樣的常規適用於Unital ring。

「嗯……這樣的話就讓哥哥和小黑在村莊附近等待，我們幾個人去收集情報過來吧？」

由於覺得莉法的提案相當合理，我就準備開口說「如果村莊有食物可以吃的話也幫我帶一份吧」。但結衣卻快了我一步再次開口說道：

「爸爸，說不定根本沒有必要到村子去喔。」

「咦？這是什麼意思？」

「剛才的暴風雪規模相當大。如果詩乃小姐也遭遇到暴風雪的話，現在位置在這個基幽魯平原另一側的可能性就很高了。」

「……原來如此，確實有這種可能……但是，那要怎麼跟詩乃取得聯絡？沒有登錄為朋友，而且也不是小隊成員，根本沒辦法傳送訊息啊。」

聽見我的回答後，結衣就露出燦爛笑容並且說：

「不是在Unital ring內，直接在現實世界裡聯絡如何呢？」

遵從心愛女兒的建議，我一暫時登出就撐起上身跳了起來。從白銀色平原瞬間移動到自己無機質的房間讓我感到有些暈眩，但還是低頭看向旁邊。床鋪的左側，頭戴AmuSphere的直葉正露出毫無防備的睡臉……但她當然不是真的睡著了。現在這個瞬間，直葉就在遙遠的虛擬世界裡保護著我的虛擬角色。雖然確認過周圍沒有敵人，但經常存在湧出危險怪物的危險，所以沒有時間發呆了。

我抬起自身頭上AmuSphere的眼罩，從床頭板上抓下手機。操作因為Augma的登場而逐漸跟不上時代的電子機械來打電話給詩乃。

她應該也潛行到UR世界裡面了，但AmuSphere具備與手機同步，告知有電話打進來的機能，只要打開這種機能的話——然後不是在戰鬥中或者近似於戰鬥的狀態，她應該就會接電話才對。耐著性子聽著鈴聲持續響了三十秒。

「拜託長話短說！」

這種省略了許多細節的聲音就從手機裡傳出來。由於那絕對是詩乃的聲音，我就回應她的請求直接進入主題。

「妳遇見冰風暴了嗎？」

「二十分鐘前左右差點凍死了。」

「那麼詩乃目前是在基幽魯平原對吧？」

「是啊，從西北方往東南方前進。」

「了解，那我們從東南往西北前進！有沒有什麼顯眼的地形？」

「有喔，大概是平原的正中央，有一面南北向的天然巨大牆壁。我現在從牆上的洞窟進到裡面往前走了一些距離。」

「牆壁的洞窟……怪物呢？」

「到處都是。我盡可能在看起來安全的地方登出了，但隨時都可能從旁邊湧出怪物。」

數十秒前也有完全一樣的想法，但是跟被伙伴與寵物保護著的我不同，詩乃只有自己一個人。登出期間受到攻擊的話馬上就會死亡。

「了解了。我們也會從東側進入牆內，妳再加油一下吧。」

罩。

「了解，那就拜託了。」

這句話之後電話就掛斷了。我只喝了一口水就再次躺到床上，然後放下AmuSphere的眼罩。

回到月夜的平原後，當我登出的幾分鐘裡，地面的冰已經開始融化。莉茲貝特她們用雙手收集殘餘的冰粒，把它們裝進素燒水壺裡。看來旁邊沒有湧出怪物。

「我回來了！」

我邊叫邊站起來後，小黑就再次用頭過來蹭我。外表看起來雖然凶猛，但一旦馴服之後似乎就很親近人。由於熊肉乾已經全部被牠吃光，必須盡快想辦法準備這個傢伙的飼料才行。

我直接對聚集過來的莉茲貝特、莉法以及結衣說出詩乃說過的話。

「天然的牆壁……？」

如此呢喃的莉法一直盯著西北方向看。我雖然也跟著這麼做，但地平線已經沉沒到深沉黑暗當中，所以根本無法看透。心裡雖然不安地想著「會不會有什麼重大的誤會……」，但現在也只能相信詩乃拚死送給我們的情報了。

「快趕路吧。」

簡短地說完後，三個女孩子就同時點頭，小黑也發出「嘎嗚」的吼叫。

拚命在平原上奔跑當中，遇上了兩次熟悉的鬣狗以及一次野牛般的牛型怪物。牛雖然有點棘手，但是靠著小黑以玩家不可能具備的機動力進行擾亂，然後趁機轟出劍技這樣的戰法才好不容易削光ＨＰ，莉法她們都提升了1級。

從牛身上獲得大量生肉，幸好小黑津津有味地吃了起來。這樣就有好一陣子不用害怕因為空腹而解除馴服了。

之後就沒有被怪物纏上，當移動時間超過三十分鐘時。結衣迅速指著前方大叫：

「看到牆壁了！」

停下腳步凝眼一看之下，確實可以看見垂直站立在平原上的斷崖。南北向的巨大斷崖，規模足以讓人聯想到Underworld的不朽之壁。

「詩乃潛入的洞穴就在那面牆的某處對吧？」

雖然點頭同意莉茲貝特的發言，但仔細一想就發現要從南北連綿數十公尺規模的斷崖上尋找小小洞穴不是件容易的事，而且就算找到了也無法保證那就是唯一的入口。

我壓抑下焦燥的心情，思考著該怎麼辦才好。

「……爸爸，雖然有點犯規，不過我就強化視覺情報來搜尋洞窟吧。」

如此宣言的結衣，隨即瞪大了圓滾滾的雙眼。

四個人當中，我、莉茲貝特和莉法是以自己的腦來「看見」AmuSphere所給予的視覺情報，所以不可能加工，只有身為ＡＩ的結衣可以自由自在地調整視界的亮度與對比。可以的話實在不願意把她當成方便的工具，但無論如何都必須跟詩乃會合，而且如果按照最初的計畫到巴辛族村落去的話也要拜託她幫忙翻譯，所以現在才阻止她這麼做實在不合理。

「麻煩妳了……」

我這麼呢喃完後，結衣就一瞬間往上看著這邊並露出微笑，然後立刻把臉移回去。幾秒鐘後，她就指著前方的一點——

「找到了！這個方向有階梯和洞窟的入口！」

「謝謝妳，結衣！」

莉法抱緊結衣，莉茲也輕摸著她的頭。

從這個位置無法看出斷崖的深度，不過應該不會有好幾公里吧。就算內部是迷宮，規模應該也不大才對。

——詩乃，再撐一下啊！

如此祈禱完，我們就一直線往結衣所指的方向跑去。

越是靠近淡淡浮在地平線上的斷崖，其存在感就越是增加，當四個人抵達斷崖底部時，全都因為它雄偉的模樣而說不出話來。它的高度大概是五十公尺左右，阿爾普海姆裡其實有更多落差更大的地形，但是南北的長度可以說非比尋常。如果是其他遊戲，或許會覺得從視界的這一頭一直線延續到另一頭的斷崖是設計師偷懶的結果，但不知道為什麼在Unital ring世界就是會讓人老實地感嘆大自然的驚奇。

漆黑岩石表面相當光滑，怎麼想都不可能空手爬上去。或許能以手工藝技能來設置梯子，但附近完全沒有可以作為素材的樹與藤蔓，所以這也是相當困難的作業。看來果然只能使用結衣幫忙找到的階梯了。

那條階梯是將岩石表面鑿出短短三十公分所製成，也沒有任何的扶手。到達洞窟入口處大概有二十五公尺左右，要是不小心踏空而跌落，甚至有可能立即死亡。可以的話希望能在牆上設置導向繩，但是想到跟詩乃聯絡後已經過了將近一個小時，就覺得不能再讓她等下去了。

「小黑，你能爬上這條階梯嗎？」

一這麼問，黑豹就回答「嘎嗚」，接著毫不畏懼就一瞬間爬上長三公尺的階梯。牠像要表達驕傲之意般揮舞長尾巴的模樣，讓身為飼主的我也無法示弱。

「好……要走嘍。」

做出這樣的宣言之後，身後的莉茲貝特則以受不了的聲音說「快點走好嗎」。

沒有發生跌落事故就平安爬完樓梯的我們，進入在壁面張開大口的洞窟就同時鬆了一口氣。由於階梯是人工打造，原本以為洞窟應該也是如此，但它似乎是天然形成。也就是說有人鑿了這條階梯一路通到斷崖中腹的洞穴。當然這麼做的應該不是玩家而是ＮＰＣ吧，不清楚是傳聞中的巴辛族還是其他種族就是了。

不論如何，這是昨天的強制轉移之後首次進行正式的迷宮探索。因為不認為有搶在我們前面的玩家，如果有素材和寶箱的話，應該還沒有被人拿走才對。一想到這裡就很想把洞穴整個翻遍，但現在還是以跟詩乃會合為最優先事項。

由於到這裡之前已經跑了相當遠的距離，所以ＳＰ條剩下不到六成，ＴＰ條則不到五成。飲用水雖然相當充足，但食物則只有生的野牛肉。於是只先喝了水，然後以水和生肉餵食小黑，決定等跟詩乃會合之後才進食。

「桐人啊，我們的小隊實在不怎麼平衡，隊列該怎麼排呢？」

把水壺收起來的莉法對我這麼問道，我稍微考慮了一下後回答：

「我和小黑打頭陣，中間是莉茲和結衣，就拜託莉法妳殿後了。火把由我和結衣來拿。」

下一個瞬間，莉茲貝特就出現有話想說的表情。因為只有她裝備了盾牌，所以想作為坦克站在前衛吧，但我希望她以保護結衣為優先。她似乎能夠了解我的用意，沒有反駁就點了點頭。

「了解，一有危險就立刻切換喔。」

「嗯，全靠妳了。」

互相點點頭後，立刻迅速排出2—2—1的隊列。

VRMMO玩家裡面有不少人認為戰鬥開始之後才擺陣形也綽綽有餘，在移動時就刻意先排好是愚蠢且難看的一件事。我也認為一百次的戰鬥裡面有九十九次確實是這樣，但是艾恩葛朗特裡只要有一次鬆懈就會釀成無法挽回的悲劇——尤其是在容易變成混戰的迷宮內——所以即使是從死亡遊戲解放出來的現在，我也一直沒有辦法輕忽隊列。

「發現怪物的話要通知我喔。」

我搔著小黑的脖子並且這麼對牠呢喃，黑豹則發出「嘎嗚」的短吼來回應。

詩乃在電話裡面說過「到處都是怪物」，結果她說的一點都不誇張。潮濕的洞窟內不斷出現滑溜的兩棲類般怪物，讓我們感到很厭煩。幸運的是小黑的搜敵能力相當強，在敵人現身前就會發出低吼來警告我們，所以可以提前做好準備來迎擊。結衣也發揮跟愛麗絲進行特訓的成果，勇敢地以短劍應戰，拿出實力證明一切都是我白操心了。

我們就一邊把巨大壁虎與巨大蚓螈、巨大墨西哥鈍口螈等劈成兩半，一邊往深處前進。很可惜的是沒有遭遇到寶箱，不過倒是發現不少鐵、銅等礦石，把它們全丟進道具欄並且繼續前進了二十分鐘。

SP開始讓人感到不安了，但實在不想生吃壁虎肉……當我邊這麼想邊走路時，最後面的莉法就開口表示：

「不過真的很奇怪耶。」

「哪裡奇怪了？」

「先不管為什麼只出現兩棲類怪物，明明有那麼多壁虎和山椒魚，但最常見的那個……」

噠嗯——

某種清脆的聲音在遠處形成回音並且傳了過來，莉法倏然停止繼續說下去。

在這座迷宮，或許應該說在Unital ring世界從來沒有聽過像這樣的聲音。小黑的身體整個緊繃並發出低吼。剛才那應該是火藥的炸裂聲——也就是槍聲。

「是詩乃！」

壓低聲音這麼叫完，我便轉過頭去。

「結衣，知道聲音來源的方向嗎？」

「我來分析回音……是從前方右側的通道傳過來的！」

對以堅定口氣如此表示的結衣說了句「謝啦！」之後，就加快移動速度。到了雙岔路就選擇右邊，然後在呈大角度彎曲並且逐漸往下的通道上小跑步前進。

視界突然一口氣變得開闊。我們來到巨大圓頂狀空間的上部。其直徑應該將近五十公尺吧。這已經遠超出火把能夠照亮的距離，之所以能夠看到對面，是因為巨蛋牆面上宛如光苔般的地衣類發出微弱光芒的緣故。

牆上有一條狹窄的斜路從我們所在的地點呈環狀延伸到巨蛋底部。底部是潮濕的岩石與藍黑色水窪各占一半面積，正中央附近的岩石上可以看見一道人類般的剪影。

那個人身穿緊身衣型防具以及白色圍巾。以雙手架著細長棒狀物——是槍械。這種地方不可能偶然出現其他使用槍的玩家。我們終於跟詩乃會合了。

「詩……」

本來想叫她名字的我閉上嘴巴。

槍使的背後也有複數的人影。不對，雖然直立著但不是人類。尖尖的鼻子和又圓又大的耳朵……頭部長得跟老鼠一模一樣。另外雙手則拿著像草叉的武器。鼠人一邊搖著細細的尾巴一邊慢慢朝槍使靠近。數量是兩……不對，是三個。

「詩乃，後面！」

我重新這麼呼喚，然後盡可能以最快速度跑下沿著巨蛋牆面的斜路。小黑和莉茲貝特她們也從後面跟上來。

槍使——詩乃迅速抬頭看向這邊，接著又看向後方。她和鼠人之間的距離已經不到五公尺了。就算擊中其中一個，也會被其他兩個人的叉子刺中。

「嘿呀！」

我從斜路途中跳起，對準淺淺水窪落下。濺起大量水花後，ＨＰ條雖然稍微減少，但沒空管這種小事了。我先準備朝最靠近詩乃的鼠人丟出左手上的火把——

「桐人，不對！他們不是敵人！」

聽見這樣的叫聲，我便反射性重新握好火把。然後急忙對快要撲向其他鼠人的黑豹做出指示。

「小黑，停下來！」

黑豹緊急煞車之後，三個鼠人就發出「ㄨㄨㄨㄨ！」的尖銳悲鳴並且飛退到牆邊。除了我們一路走過來的通道之外，他們附近也能看到開了另一個出入口。

往旁邊一看之下，就跟占據岩石上方的槍使四目相對。髮尾整個翹起的藍色短髮，使人聯想到貓咪的上揚眼睛讓我確定她是詩乃本人。但是雙手舉著的步槍外型看起來相當復古，和她的搭檔「ＰＧＭ Ultima Ratio HecateⅡ」完全不一樣。就算跟我的黑色鞭痕與斷鋼聖劍一樣，黑卡蒂也因為重量限制而無法裝備，不過那把槍到底是從何處得到……當我這麼煩惱之後，就發現現在這種事情根本不重要。

「詩乃，鼠人不是敵人的話，那妳在跟誰戰鬥？」

當我這麼問時，莉茲貝特、結衣以及莉法也抵達巨蛋底部。看見踢著水窪跑過來的三個人，詩乃的表情一瞬間放鬆了下來。但立刻再次繃起臉大叫：

「大家快從水裡上來！盡可能到高的岩石上！」

那強硬的口氣讓我把問題吞了回去，開始準備爬上附近的岩石。但「嘩啉」的水聲比我快了一瞬間傳出。

水面下方有某種東西以驚人的速度靠近。來不及閃躲衝擊就往我的右腳踝襲來。被咬了……不對，是被某種東西纏住了。

右腳突然間被驚人的力量拉扯，我整個人倒到水漥裡。火把脫手飛了出去，發出「噗咻」一聲熄滅了。雖然想以右手的劍切斷捲在腳踝上的像是繩子的物體但是卻不夠長。這樣下去會被拖到水深的地方——

「嘎嚕哦！」

短吼了一聲的小黑把頭栽進水裡，咬住拉著我的物體把它從水裡拖出來。那不是繩子。是發出滑溜光芒的粉紅色觸手般物體。

「哥哥！」

莉法舉起長刀，發動了劍技「音速衝擊」。水面「咻啪！」一聲一分為二。不是我自誇，這真是妹妹提升到界限的完美一擊。閃著綠色光芒的刀刃痛擊小黑咬住的觸手——但無法直接把它切斷。

莉茲貝特鍛造的鋼鐵長刀只砍進粉紅色觸手幾公分就停了下來。如橡膠般繃緊的觸手發出「嗶嗯——」的聲音反彈回來。

「呀啊！」「嘎嗚！」

莉法跟小黑同時被彈飛並且濺起水花。但兩人的攻擊沒有白費，觸手解放了我的右腳再次消失於深水之中。

我急忙幫助莉法起身，這次真的爬上附近的岩石。結衣與莉茲貝特也各自退避到岩石上，起身的小黑則是一跳就移動到我身邊。

「詩乃，剛才那是……？」

再次詢問後，槍使就在舉著舊式槍械的狀態下回答：

「馬上就會從水裡出來了！牠會到處亂跳，不要跟丟了！」

當她的話還沒說完時。

「嘩啦！」的盛大水聲響起，一道黑影從遙遠的水面竄出。黑影相當巨大，全長兩公尺……異樣強壯而且長的後腿完全伸直的話應該會加倍吧。但是前腳卻相當瘦弱，頭部與胴體連在一起。

巨大生物以令人眼花撩亂的速度從這個水坑跳到另一個水坑，最後貼在巨蛋的牆面上靜止不動。我和莉茲貝特、結衣、莉法異口同聲地大叫：

「青蛙！」

不理會尺寸的話，完完全全就是一隻青蛙。有著巨大突出的雙眼以及菱形的胴體。從折疊起來的四肢伸出的手指，前端像是吸盤一樣鼓起。

這時我終於理解在聽見槍聲前莉法想說些什麼了。出現一大堆壁虎和山椒魚卻沒有半隻青蛙。

「太棒了，真的有青蛙喔。」

我抬頭看著貼在牆上的兩棲類代表性動物並這麼呢喃，結果莉法就以苦澀的聲音回應：

「我又沒希望牠一定要出現……何況又是這麼大隻的……」

「這絕對是這個洞窟的魔王了……」

我絕對不是沒有任何根據就這麼呢喃。由於右腳受到觸手攻擊，巨大青蛙頭上已經顯示著環狀浮標。專有名稱是【Goliath rana】。目前為止遭遇的怪物包含小黑在內名字全是日文，那隻青蛙是英文名字是不是有什麼意思呢？說起來那真的是英文嗎？

「……Goliath是巨人對吧？那rana是什麼意思？」

聽見我的呢喃，結衣立刻告訴我說「應該是赤蛙的意思」。那隻巨大青蛙的胴體確實是暗紅色，雙眼也像熾焰一樣發著光。

Goliath rana突出的眼睛眨了一下後，就開始緩緩爬上牆面。跟牛差不多大的巨軀垂懸在牆上順利移動的模樣給人奇妙的無重力感。

「詩乃，現在是射擊的時機了吧？」

面對把槍架在腰部而沒有任何動作的槍使，我即使知道這是多嘴也還是開口這麼問道。結果詩乃依然維持往上看著青蛙的姿勢，然後以浮躁的口氣回答：

「我射擊過好幾次了。但那傢伙背部的皮太堅固了，這把毛瑟槍沒有辦法打穿。」

我記得毛瑟槍應該是《三劍客》時代左右使用的舊式槍械。槍身沒有膛線，所以無法稱為來福槍。雖然反而令人在意她是在哪裡得到這種武器，但現在沒有多餘的心思去問跟戰鬥無關的問題了。

「……要不要用幾個人支撐黑卡蒂，然後硬撐著開槍？」

新的提案也立刻被駁回。

「沒辦法，在天花板時無法取得射角，下來後動作又太快了根本無法瞄準。」

「原來如此……」

雖然對在僵在後方的鼠人身分感到在意，但不是敵人的話之後再查探就可以了。現在得想出解決那隻Goliath rana的辦法才行。

「桐人，艾恩葛朗特裡的青蛙怪物通常腹部都是弱點吧。」

舉著鎚矛的莉茲貝特提出的建議讓我快速點點頭。

「確實是這樣。想辦法讓牠露出肚子，然後攻擊那裡吧。」

莉法表示「該怎麼做呢？」。

當我發出「呃……」的沉吟聲時。巨大青蛙抵達了高應該有三十公尺的巨蛋最高點，然後在完全倒栽蔥的狀態下以紅色雙眸瞪著四處。

「要來嘍！」

幾乎跟詩乃發出叫聲的同一時間。青蛙強壯的雙腳往岩石踢去，以超乎想像的速度朝我落下。

「嗚喔哇！」

本能地後空翻才好不容易閃過直擊，但前一刻我還站著的岩石已經消失無蹤，飛濺的碎片擊中我的全身。HP只減少了三％左右，不過如果沒有穿著金屬鎧甲的話應該就不只受到這樣的輕傷了。不對，就身邊沒有任何藥水的現狀，輕微的傷害累積起來也會致命。

確認結衣等人的HP條沒有減少之後，又注意到忘記相當重要的事情。我繼續後退並且叫出環狀選單，擊打社群標籤裡的邀請鍵後把它滑向詩乃。對方立刻承認，新的縮小HP條出現在視界左上方。

實行隕石般跳水攻擊的Goliath rana在該處蹲了三秒鐘左右就立刻有所行動。牠跳進附近的水面消失無蹤了。

「到岩石上面！」

在詩乃的指示下，我們再次跳到附近的岩石上。以視界邊緣捕捉到待在一起的結衣與小黑也爬到岩石上後，我就向詩乃確認。

「那傢伙的攻擊模式是重複潛入水中的觸手攻擊以及爬到天花板上的跳水攻擊吧？」

「目前是這樣。還有那不是觸手是舌頭。」

「啊……原來如此。」

也就是說剛才纏上我右腳的Goliath rana不單純只是想讓我溺水，牠其實是想把我吃了。即使是一次都不能死亡的Unital ring，我也全力拒絕這樣的死法。

一直待在岩石上不動後，青蛙終於衝出水面並再次爬上牆面。雖然我們沒有攻擊方法，但只要能躲過跳水攻擊就不會受到太大的傷害……不對，不是這樣。牠每跳一次就會有一塊岩石遭到破壞，最後能躲過舌頭攻擊的安全地帶將完全消失。

「莉茲、莉法，躲過下一次跳水之後，在那傢伙行動前就要發動劍技。盡量瞄準身體下側把牠翻過來。」

「嗯。」「了解了。」

聽見兩個人的回答，我就繼續做出指示。

「詩乃、結衣，等青蛙露出肚子妳們就加以追擊。小黑你負責保護結衣。」

「了解。」「我了解了！」「嘎嗚。」

其他兩個人也就算了，雖然不清楚黑豹能了解幾成指示，但現在也只能相信牠了。

Goliath rana以帶有巨大吸盤的四肢黏著岩石往上爬。看來還要十秒鐘才能到達頂端。能不能以手邊的素材在青蛙落下的地點設下陷阱呢？像是以圓木製造長槍陣之類的……只不過也要木工技能的製作選單裡有這個選項就是了……

「桐人！」

詩乃的叫聲讓我倏然瞪大雙眼。Goliath rana明明尚未抵達巨蛋的最頂端，兩腳就已經開始膨脹了。

「咕喔！」

我拚命往後跳的同時，青蛙也剛好往牆壁踢去。以宛如砲彈般速度衝過來的巨軀粉碎眼前的岩石，拳頭大的石塊痛擊我的右肩、腹部和左腳。鐵鎧甲凹陷，ＨＰ出現明顯的減少。

——這個臭傢伙！

我為了挽回失態而在空中進入下段突進技「憤怒刺擊」的發動體勢。由於這招本來需要把身體前傾到幾乎快要碰到地面才行，在跳躍中發動算是相當高超的技術。

在淺水灘著地的同時，我的劍就發出淡藍色燐光。劍技發動的瞬間，我更踢向地面來加強威力。在左右兩邊揚起白浪的狀態下，長劍朝著陷入弱暈眩狀態的Goliath rana喉頭衝去。

莉法與莉茲貝特也幾乎跟我同步從右邊與左邊衝過去。兩個人都依照作戰發動了下段劍技。一次受到這麼多攻擊的話，就連那隻巨大青蛙也會被翻過來才對。

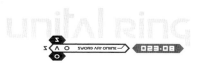

但我這樣的確信——

在零點一秒後就變成了戰慄。

突然間，Goliath rana像小山一樣的巨軀像是沒了骨頭一樣往下沉。變平的身體緊貼在地面，脖子與肚子都看不見了。但劍技已經無法停止。我的劍命中青蛙的鼻梁，莉法的長刀與莉茲貝特的鎚矛命中左右兩邊的肩膀附近，讓牠暗紅色的皮膚整個凹陷。

感觸就像是砍中一大塊橡膠一樣。劍尖明明沉進去了卻沒有傳來撕裂的感覺。當反彈力急遽上升並超越了劍技突進力的瞬間——

我、莉茲貝特以及莉法各自發出不同的尖叫聲並且被快速彈飛。身體浮在空中無法擺出防禦姿態。Goliath rana這時大大張開嘴巴。成鮮豔桃色的舌頭暫時內縮——在快要像槍一樣發射出來之前。

「噠啊啊啊嗯——！」的巨大聲響擊打我的耳朵。詩乃的毛瑟槍開火了。子彈貫穿青蛙的舌頭，讓其迸發出深紅色傷害特效光。HP條只減少了一成左右，但是青蛙卻發出「呱咿」的聲音並且往後仰，露出了看起來很柔軟的喉嚨。

「呀啊啊！」「嘎嗚！」

結衣發動劍技「垂直斬」，小黑也露出巨大牙齒衝了過去。劍與尖牙從左右兩邊撕裂青蛙的喉嚨。HP又減少一成左右。

結衣與小黑的同時攻擊造成的傷害值雖然不大，但能繼續讓牠失去平衡就是一件好事。青蛙就這樣往後仰，從背部落到水裡。

雖然想著「得繼續攻擊才行！」，但我和莉茲、莉法都還沒從後仰狀態恢復過來。青蛙不停擺動短短的前腳與強壯的後腿，看來立刻就可以起身了。詩乃也還在裝填子彈，沒辦法再次開火。

剛才的連攜幾乎是偶然之下的產物，應該無法確實重現吧。這時候錯過追擊的機會，勝利將大大離我們遠去。我咬緊牙關拚命想要站穩身體。將左手往前伸，以手指抓著空氣，但虛擬角色還是無情地往後仰——

「嘰咿咿！」

這個時候傳出一道尖銳的吼叫聲。

那不是青蛙的叫聲，也不像哪個伙伴發出的聲音。雖然焦急地想著難道又有新的怪物湧出，但從後方衝出來的並非兩棲類。嬌小身體包裹在簡陋的服裝底下，兩手握著生鏽草叉的是已經完全從我腦袋裡面消失的三名鼠人。

他們跑向翻倒的Goliath rana，手裡的草叉深深地陷入青蛙蒼白的腹部。

「呱咕哦！」

發出憤怒咆哮的青蛙全身劇烈收縮後一直線後仰，然後用像彈簧一樣的動作起身。鼠人們叫著「ㄡㄡ！」，然後逃回巨蛋外圍。

看來他們並非正式參戰，但願意幫忙追擊就已經是謝天謝地了。青蛙的ＨＰ條總計減少了四成，一開始全是白色的ＨＰ條變成了深黃色。

起身的Goliath rana濺起水花跳著貼在牆壁上並且開始攀爬。一屁股坐到地上的我和莉茲、莉法急著站起身子，準備閃躲青蛙的跳水攻擊。

看來Goliath rana是「很難瞄準弱點，一旦成功就能削減大量ＨＰ」類型的怪物。只要再兩次，幸運的話再一次成功讓牠翻倒就能獲勝。為了辦到這一點，首先必須對牠的嘴巴造成傷害才行。

「詩乃，幫忙瞄準那個傢伙的嘴巴！」

聽見我的指示後，完成裝填毛瑟槍的詩乃就回應「了解了」。我接著又對莉茲貝特喊道：

「那傢伙要是開始跳水攻擊，莉茲就不管三七二十一用鎚矛轟牠的頭！雖然會被彈開，但這樣就能誘發舌頭攻擊……應該啦！」

「應該啦～～？」

莉茲貝特雖然繃起臉，但也只有極短暫的時間。她重新握好鋼鐵鎚矛，氣勢十足地大叫：

「沒辦法了，就試試看吧！」

像這種必須緊繃神經的戰鬥，有莉茲貝特這種開心果般的存在很是令人放心。我一邊想著

「只有這個真的沒辦法模仿」一邊做出第三道指示。

「莉法、結衣、小黑等青蛙翻倒就用最大威力的劍技轟牠！注意不要被後腿踢中了！」

「交給我吧！」「好的！」「嘎嗚！」

聽見兩人一獸發出乾脆的回應後，我就瞄了牆壁邊一眼並且做出最後的呼喚。

「也拜託你們發動跟剛才一樣的攻擊！」

對象是三名鼠人。雖然沒有回答，但還是相信他們能聽懂並且把視線移回巨蛋上部。

Goliath rana已經爬到牆壁的七成左右。隨時都可能發動跳水攻擊了。

「下次一定要確實躲過」，下定這種決心的我緊緊瞪著青蛙。牠四肢的動作停了下來。突出的眼睛發出紅光。

但下一個瞬間就發生料想不到的現象。

Goliath rana背上出現五六個像是藤壺般的隆起，然後從該處噴出鮮紅火焰。火雖然立刻變小，但沒有消失而是持續晃動著。沒有時間想那究竟是什麼，青蛙就朝著巨蛋底部張開嘴巴。雙方距離有二十五公尺以上。就算青蛙的舌頭再長也無法攻擊得到……當我這麼想時，整個張開的嘴巴前面就出現發出紅光的圓。圓形裡面畫著某種複雜的圖樣。

「魔法陣……？」

莉法以緊繃的聲音掩蓋了我的呢喃。

「大家快躲開！」

當她話還沒說完時，青蛙口中就發射出巨大火球。我本能地往右邊跳躍，抱著結衣撲進附近的水面。

轟然巨響。視界染成紅色。背部遭到熱浪襲擊，ＨＰ開始慢慢減少。

爆炸才剛結束，我就抱著結衣站了起來。

「大家都沒事吧？」

結果詩乃、莉茲貝特、莉法同時做出肯定的回應，小黑也發出強力的吼叫聲。青蛙發射的火球命中巨蛋底部的中央，將該處的一個水漥蒸發掉了，不過沒有伙伴被直接打中。退到牆邊的三個鼠人也平安無事，但全部都一屁股坐到地上。

往上一看之下，Goliath rana依然貼在岩石上鼓縮著喉嚨，看起來暫時沒有下來的打算。

「……青蛙加上火，不就跟對蛞蝓灑鹽一樣嗎……」

我一這麼咒罵，莉茲貝特就說「你又隨便亂用慣用句……咦，沒用錯耶」。我的國文能力雖然獲得評價，但是戰況卻相當嚴苛。我方的遠距離攻擊手段只有詩乃的單發毛瑟槍，青蛙要是持續從天花板發射剛才的爆炸火球，我們將會逐漸陷入困境。

其實也不是非得打倒青蛙才行，只要能跟詩乃一起從基幽魯平原的東側離開就可以了，但我們通過的洞窟入口在巨蛋很上面的地方，所以必須從牆面的斜路爬到那裡才行。而青蛙不太可能會眼睜睜讓我們離開。

斜路……

「……各位，我會爬到牆壁的斜路然後跳起來以劍技把青蛙轟落，妳們就以剛才的程序進行追擊！」

直接把想到的點子說出口，伙伴們臉上就同時露出不安的表情。

「這麼做的話哥哥也會掉下來喔。從那種高度墜落的話可能會死掉耶……」

我堅定地否決了莉法的擔心。

「別擔心，只要掉到水深的地方就不會受傷。只剩這個辦法了。」

「…………」

莉法雖然閉上嘴巴，但是綠色眼睛裡依然滲出擔心的情緒。實際上，我也無法確定是否能掉到水深充足的地方。

當我為了實行這賭運氣的作戰而準備放下右臂抱住的結衣時——

「爸爸，這個任務就交給我吧！」

聽見結衣突然做出這樣的宣言，嚇得我瞪大了雙眼。

「等……等等，但是……」

「爸爸是小隊裡攻擊力最高的成員，應該負責的不是初擊而是追擊才對。」

「但是結衣還無法使用音速衝擊……」

「先進到洞窟裡然後助跑的話，垂直斬也能擊中對方！」

「但是……」

結衣一直凝視著不斷發出逆接接續詞的我，說道：

「爸爸，我不願意只是被保護。」

「…………」

結衣的表情相當嚴肅，我突然感覺她很像亞絲娜。自己或許看不出來，不過大概也有點像我。

「……好吧。拜託妳了。」

這麼對她說完，把嬌小身軀放到地板上的同時，稍遠處的詩乃就放聲大叫：

「開始動了！」

往上看向巨蛋的天花板，就看到Goliath rana正慢慢地往水平方向移動。第二次的火球攻擊應該馬上就要來了吧。爬上斜路途中的結衣也可能成為目標。

這時莉茲貝特的聲音吹散了我的擔心。

「我會讓牠盯上我，讓結衣出發吧！」

堅定地這麼說完後，她就以鎚矛敲打圓盾。從盾牌發出些許波紋般的特效，應該是我不知道的時候獲得的挑釁系技能造成的效果吧。

移動的Goliath rana停了下來並且改變身體的方向。

結衣大叫完就一隻手拿著短劍開始奔跑。以連我都感到驚訝的速度跳過岩石與水窪，抵達牆壁的斜路後就毫不猶豫地衝上去。

「我出發了！」

青蛙用力舉起上半身，大大地張開嘴巴。牠明顯是以莉茲貝特為目標。

「大家快離開！」

我遵從莉茲貝特的指示退後，同時開口大叫：

「莉茲，妳要好好躲開啊！」

「相信我做的盾牌吧！」

這難道是……當我這麼想的瞬間，Goliath rana的口中就出現紅色魔法陣並發出炫目光芒。震動的空氣發出「咕啊！」一聲，熾烈燃燒的火球發射出來。但是莉茲貝特沒有移動。她以左手高舉起圓盾，右手的鎚矛則撐在盾牌後面。

那面盾牌是熔化黑色鞭痕後出現的「高級鋼鑄塊」作為素材。加上製作者莉茲貝特的打鐵技能熟練度，應該具備相當高的防禦力才對。但就算是這樣，實在不認為能毫髮無傷地擋下應該屬於練功區魔王的Goliath rana所發射的火球。

我的右腳震動，自行準備往地面踢去。但我卻用右手抓住膝蓋附近，拚命地把它壓抑下來。這時候要是衝出去然後被捲進爆炸裡面的話，應該追擊時可能會無法起身。只能相信莉茲以及結衣的決心繼續沉住氣了。

直徑應該有五十公分的火球直接命中圓盾，一邊扭曲一邊放射強烈的光芒。最後開始冒出紅色火焰與黑色煙幕，直接掩蓋莉茲的身影。爆炸的衝擊波襲來，我隨即用雙手遮住臉龐。

視界左上方莉茲貝特的ＨＰ條開始減少。七成、六成，瞬間剩下不到一半……在剩下四成時停止減少。

「莉茲！」

抬起臉來這麼大叫後，在爆炸中央蹲下來的莉茲貝特就舉起右手並且豎立大拇指。明明可以衝刺躲開爆炸的她之所以刻意選擇防禦，應該是為了絕對不讓火球朝著結衣發射吧。

這個時候結衣已經幾乎爬完呈螺旋狀沿著巨蛋外圍的斜路。就連我也很難在毫不畏懼的情況下全力衝上那條沒有扶手的狹窄通道。但是結衣卻能發揮出那樣的速度，這並非因為她是ＡＩ的緣故，而是她花時間培育出來的真正心靈與勇氣所帶來的結果。

到達斜路最上方的結衣，為了爭取助跑距離而衝進牆面的洞窟內。

「呱咕哦……」

發出低鳴的Goliath rana迴轉身體準備面向洞窟。糟糕……要是牠用舌頭迎擊，結衣會在空中被擊落。

「這邊喔！」

這麼大叫的是詩乃。裝填好毛瑟槍後，她立刻對著貼在天花板上的青蛙扣下扳機。打火石濺出火花，隔了一拍後傳出轟然巨響。

發射出去的子彈命中Goliath rana的右眼。

「呱咕咕哦！」

發出悲鳴的青蛙再次開始轉變身體的方向。

下一刻，一道純白人影從洞窟裡飛出。

拖著長長黑髮，短劍舉在右肩。劍身雖然帶著藍色光輝，但是正不停地閃爍。對於不曾練習過的結衣來說，在姿勢不穩定的狀態下於空中發動劍技是高難度的技巧，但是特效光還是在千鈞一髮之際保持了下來。

「呀啊啊！」

勇敢的喊叫聲傳到了地面。以右腳踩踏空氣，結衣發動了「垂直斬」。系統輔助讓嬌小的身體加速，短劍在淡淡黑暗中畫出鮮豔的軌跡。劍尖陷入青蛙的側腹部，雖然無法撕裂皮膚，但四肢的吸盤已經因為衝擊而脫離吸附的岩石。

青蛙皮膚足以媲美橡膠的反彈力把結衣大大地彈飛出去。青蛙也在四肢胡亂揮舞的情況下

掉落。

結衣能夠掉在水裡的話就沒關係，但掉在岩石上的話就會死亡。要是去接住她的話，就來不及追擊青蛙了。

在開始戰鬥之後最大的焦慮襲擊下，我的耳朵聽見一道生疏——不對，是莫名熟悉的聲音。

「小結衣就交給我吧！」

——雖然不知道是誰但就交給你吧！

在心中這麼向對方大喊後，我就進入目前能使用的最大威力劍技，三連擊技「銳爪」的準備動作。旁邊的莉法也準備發動同樣的劍技，從爆炸傷害中恢復過來的莉茲貝特也舉起鎚矛，詩乃此時拿的並非毛瑟槍而是小型雷射槍，小黑也露出了尖銳的牙齒。

掉落下來的Goliath rana從背部猛烈撞上一根石柱並且大大地反彈起來。當牠再次掉落在地面的瞬間，我就開口大叫：

「——就是現在！」

我、莉法、莉茲貝特、小黑從四面八方對青蛙毫無防備的腹部揮出劍、鎚矛與利牙。青蛙的HP瞬間大量減少，最後剩下不到兩成。四個人才剛離開，鼠人們就隨著尖銳叫聲衝過來以草叉突刺。

ＨＰ剩下一成。

我抵抗著發動劍技後的行動延遲，想要以普通攻擊結束青蛙的生命。但依然翻倒的青蛙卻快了一步張開嘴巴。

「呱咕咕咕哦哦哦——————！」

憤怒的咆哮產生大型的魔法陣。糟糕，在這種極近距離之下，牠要是發射火球就躲不開了……

「別作夢了！」

詩乃發揮恐怖的蠻勇，直接衝到青蛙正面。右手的雷射槍伸入魔法陣當中然後扣下扳機。黃綠色能源彈隨著「咻咻咻咻嗯！」的科幻世界般發射聲不斷被射入Goliath rana的嘴裡。ＨＰ條一點一點減少。包裹詩乃手臂的魔法陣發出特別強烈的光芒。青蛙口中的火焰開始搖晃，接著呈漩渦狀捲動，最後不再是火球而是龍捲風……

ＨＰ歸零了。

「呱咕咕！」

在短短死亡悲鳴響起的同時，深紅魔法陣也變成黑煙並且煙消雲散。與ＡＬＯ裡詠唱魔法失敗時的現象十分類似。

巨大身軀不停痙攣，然後漸漸脫力……最後完全靜止。

ＳＡＯ或者ＡＬＯ裡的話，死亡的怪物會變成藍色多邊形然後爆散，但這個世界屍體會直接留下來所以無法立刻解除警戒。雖然擔心結衣，但首先要確認青蛙是不是死透了，於是我就舉著劍往前走了一步。

這個時候，發生了奇妙的事情。

某種發出紅光的物體從翻倒在地上一動也不動的巨大青蛙心臟附近浮上來，在淡淡黑暗中輕飄飄地上升。至今為止打倒過差不多強大的尖刺洞熊等許多怪物，但是從未見過這種現象。

「桐人，那個……！」

像是被詩乃的聲音推動背部一樣，我跑了兩步後就全力跳起，朝著紅光伸出手。但是指尖觸碰到的瞬間，光芒就跟泡泡一樣破碎並且消失。著地之後看向左手，但手掌裡什麼都沒有。

突然間，小隊成員所有人都包裹在藍色環狀光芒底下。一瞬間還焦急地以為是什麼陷阱，但立刻就發現是升級的演出。看來青蛙確實已經死亡了。眼前浮現傳達升上等級16的訊息，不過我只是急忙關上訊息並且仰望上空。

在微暗當中那身白洋裝也相當顯眼的結衣就掛在洞窟入口的正下方。某個呈倒栽蔥狀態的人抓住她纖細的左手。該名玩家的右腳上綁著繩子，而像門神般站在洞窟入口處的另一名玩家則拉住繩子。

掛在空中的結衣與身分不明的闖入者正左右緩緩搖晃，微微可以聽見的摩擦聲——是繩子無法支撐兩個人的重量，已經快要斷裂的聲音。

站在洞窟入口處的高大男人開始一點一點拉起繩子。我急忙衝向結衣的正下方，同時對著上空大叫：

「喂，別逞強啊！」

下一個瞬間，拉繩子的男人發出的渾厚聲音就傳了下來。

「繩子不夠長無法放到地面，這樣下去耐久度只能再撐二十秒而已！」

聽見這段話後有所反應的是抓住結衣手臂的另一個男人。

「大哥，不會到這個時候才讓我摔死吧！快想辦法拉我們上去！」

——感覺兩道聲音都相當熟悉。

把這種既視感，不對，是既聽感丟到一邊後，我就以雙腳來緊急煞車。就算在正下方等待，也無法同時接住結衣和另一名男人。如此一來就只能準備墊子了，但光憑收在道具欄裡的鬣狗毛皮，應該無法吸收從那種高度掉下來的傷害吧。

現場唯一能夠當成墊子的物件就只有一個。我轉身全力跑回去，然後對莉茲貝特她們叫道：

「大家快過來幫忙搬！」

我這麼叫完後就抓住的是橫躺在地面的Goliath rana的右腳。所有人似乎立刻就察覺我的意圖，詩乃來到我前方，莉茲貝特與莉法撲向左腳，四個人開始拚命拉起巨大的屍體。

小黑低吼了一聲後也咬住青蛙的側腹來幫忙移動，甚至連三名鼠人都丟下草叉來幫忙推頭部。一旦有了勢頭，青蛙的巨軀就以超乎想像的速度在濕濡的岩石上滑動。一邊全力拖行一邊看向後面，發現距離洞窟大約十公尺的結衣他們已經上升到一半左右，不過也看得出繩索的損耗相當嚴重。

到兩人的正下方還剩下一點距離時……「啪嘰！」的無情聲音響起。

「桐人，抱歉！想點辦法吧！」

如此大叫的是試著拉起繩子的巨漢。根本沒有時間對他叫出我的名字感到不可思議。

「喔哇啊啊啊啊！」

另一個男人則發出有點丟臉的悲鳴掉了下來。但是在掉落中還把結衣的身體拉近，抱住她後讓自己的身體變成在下方，真是很有男子氣概。這樣的話，我們也該有所回報才行。

「喔呀啊啊啊！」

我邊叫邊擠出最後的力量。眼前浮現【強健技能的熟練度上升為4】的訊息，青蛙的屍體稍微浮上空中。最後掉進水窪裡停了下來。

一秒鐘後，男人與結衣就掉了下來並且陷入Goliath rana的腹部。即使變成屍體依然具備橡皮般的彈力，兩個人啵一聲反彈了一公尺以上才再次落下並且靜止。
「爸爸！」
吊在空中甚至是掉落時都完全沒有發出聲音的結衣，這時候伸出雙臂飛撲了過來。我接住她嬌小的身軀後，就在注意不讓金屬鎧壓迫到她的力道之下緊抱住她。
「妳真的很努力喔。能空中發動『垂直斬』實在太了不起了。」
這麼對她呢喃完，開始和Goliath rana戰鬥之後結衣的聲音首次出現動搖。
「……是的，我真的很努力！」
對於至今為止都沒有戰鬥過的結衣來說，練功區魔王戰的恐懼與壓力應該超乎我的想像才對。那絕對不是身為ＡＩ的結衣能夠利用學習就模仿出來的擬似感情表現。現在的結衣已經超越Top-down型ＡＩ的界限，獲得了真正的感情……我是這麼相信的。不是這樣的話，她為什麼能夠實行犧牲自己的作戰呢？
當我沉浸在這樣的感慨中不斷撫摸結衣的頭髮時——
「哎呀呀……真是九十九死一生耶……」
嘴裡說著奇怪諺語，呈大字型躺在青蛙肚子上的男人起身了。
以紅豆色頭巾將短短茶色頭髮豎起。頭巾下面的臉龐略長，下巴還長了一小撮鬍鬚。防具是皮革製，左腰則掛著彎刀。

從一開始聽見聲音時，我的心中就反覆想著「說不定」和「不可能吧」的想法，但是看起來「說不定」這一邊才是事實。

「……克萊因，你在這裡做什麼啊？」

於是我先這麼提問，結果從SAO時代就認識的刀使，不對，是彎刀使就攤開雙手如此抗辯。

「喂喂喂，這樣太過分了吧，桐字頭的老大！就是覺得你們會很辛苦，我才急著趕過來幫忙的耶！」

「那真是謝謝你了。」

莉茲貝特插嘴這麼表示。

「你怎麼會知道我們在這裡？沒有人在現實世界跟你聯絡吧？」

「關於這一點就由我來說明吧。」

從上方傳下來這樣的聲音，於是我們就一起抬起頭來。

一名有著雄偉身軀，頂著一顆光頭而且面容凶惡的男性玩家慎重走下沿著巨蛋外牆的斜路。那是同樣是彼此相當熟的斧使兼商人艾基爾。但是背上看不見成為他註冊商標的雙手用大斧，而是將一把較小的——即使如此依然比我的劍大上許多——雙刃斧插在左腰。防具跟克萊因一樣是皮鎧。

「哈囉，艾基爾。」

和來到地面的巨漢輕輕互碰了一下拳頭，順便也跟克萊因打了同樣的招呼之後，我才再次問道：

「那麼……你們是怎麼到這裡來的？你們兩個人也跟其他ＡＬＯ玩家一樣是從南方的遺跡開始遊戲吧？」

「嗯。而且我和克萊因還慢了一天。今天傍晚好不容易登入進來一看，緩衝期間早已經結束，附近的練功區也被狩獵殆盡……好不容易跟克萊因會合之後，就想前往你的圓木屋……」

「咦，你們也不知道圓木屋的位置吧？」

「亞絲娜傳了手繪地圖給我們。」

「哦，是這樣啊……」

不愧是前ＫｏＢ副團長大人，做事真是細心……當我像這樣感到佩服時。

「我看桐字頭的老大早就忘了我們吧。」

依然坐在青蛙肚子上的克萊因發出憤恨的聲音。雖然他說得一點都沒錯，但是當然不能點頭承認。

「沒……沒有啦，我怎麼可能忘了你們。哎呀，因為克萊因跟艾基爾平日都要工作……所以就想等狀況穩定下來後再跟你們聯絡……」

下一刻，艾基爾就雙手抱胸並且說道：

「我的店今天休息喔。」

接著克萊因也說：

「我今天下午也請了假。」

「Dicey Cafe是不定期店休，而且我怎麼可能知道克萊因今天下午休假呢！」

當我們這樣互相爭辯時。

進行著毛瑟槍裝填作業的詩乃就輕輕乾咳了一聲。

「可不可以繼續說下去了？我也有許多事情要忙。」

「哦，抱歉抱歉。」

艾基爾道歉完就把話題拉回來。

「然後我們在弄到最低限度的裝備後就從遺跡出發到森林，在那裡突然被ＰＫ三人組襲擊。我們是石頭武器對方是鐵製武器，防具也有差異，本來以為完蛋了。」

「這時候靠得就是我跟大哥磨練出來的合作默契了，從左右兩邊輕輕鬆鬆就把那群ＰＫ傢伙給解……」

艾基爾以低沉渾厚的聲音打斷克萊因氣勢十足的發言。

「喂，你這傢伙只是躲在後面吧。」

「有什麼辦法嘛，本大爺繼承的技能是……」

但這時候克萊因就不自然地閉上嘴。我一邊想像應該是「繼承了熟練度封頂的大刀技能所以不適用於彎刀」，一邊把視線移到艾基爾身上。

「那你們擊退ＰＫ了吧？」

「嗯……那群傢伙似乎是臨時湊在一起的三人組，所以完全沒有合作默契可言，好不容易才打敗他們。不過一時忘記緩衝期間已經結束，不小心用範圍劍技一次把他們三個人全部幹掉了……」

艾基爾說著就繃起臉來。完全將「心地善良的巨人」具現化的他，如果ＰＫ三人組逃走的話應該是打算放過他們吧。靠過來的莉法拍了拍他粗壯的手臂。

「不用難過啦，艾基爾先生。ＰＫ們應該也有可能會遭到反殺的覺悟了，我們昨天也受到ＰＫ集團的襲擊，但是桐人毫不留情地把他們全幹掉了喲。」

「喂……喂喂，可不是我一個人打倒他們全部的喔。」

急忙做出這樣的注釋後，才又說「然後呢？」催促艾基爾說下去。咧嘴露出笑容的艾基爾輕輕拍打了一下烏亮的皮鎧。

「很幸運的是ＰＫ傢伙們掉下這件皮鎧、鐵斧和彎刀，我們就心懷感謝地拿來使用了。靠著地圖好不容易抵達圓木屋，亞絲娜就說擔心桐人你們，拜託我們兩個前來幫忙。」

「原來是這樣啊……」

在心中感謝自己的伴侶後，我又微微歪著頭說：

「等等，但是亞絲娜她們也不清楚我們的移動路線吧？艾基爾跟克萊因是怎麼來到這座洞窟……？」

當我重新提出這個疑問，艾基爾就再度咧嘴笑了起來，然後用下巴指了指克萊因。刀使，不對，是彎刀使隔著頭巾搔了搔腦袋，像是下定決心般開始說道：

「關於這一點嘛，其實是靠我的繼承技能……」

「啥？你繼承的是大刀技能吧？那跟來到這裡有什麼關係？」

我腦袋裡也想著跟莉茲貝特完全相同的問題，我看莉法和詩乃應該也是一樣吧。集所有人視線於一身的克萊因，臉上浮現難以形容的表情說道：

「不是大刀喔。」

「啥？」

「我繼承的是『追蹤』。」

「啥啊？」

所有人同聲大叫了起來。

ＡＬＯ的追蹤技能可以讓玩家或怪物的足跡浮現，而且比較容易找出屬意的素材道具，算是相當方便的技能，但是修練需要相當有耐性，所以沒有什麼玩家會特別去鍛鍊它。但克萊因應該把大刀技能的熟練度提升到封頂的1000了才對，從繼承技能不是大刀來看，他追跡技能的熟練度也封頂了嗎……

「你為什麼要鍛鍊那種技能的熟練度……」

原本以傻眼口氣這麼呢喃的莉茲貝特，像是發現了什麼般大叫：

「啊，你不會是想靠它追蹤可愛的女孩子吧？」

「才……才不是哩！我呢，是為了攻略詩寇蒂小姐給我的追逐任務才會……」

「…………啥？」

除了艾基爾以外的所有人再次發出這樣的聲音。

詩寇蒂是在阿爾普海姆地底下的廣大幽茲海姆遭遇的NPC。她是讓人聯想到北歐神話女武神的英挺美人，話說回來，我記得臨別之際克萊因好像從她那裡拿到了什麼。那個物品是開始任務的道具，而要攻略任務就需要將追蹤技能練到封頂……事情應該是這樣吧。

「……那麼，你順利攻略那個任務了嗎？」

聽見我的問題後，克萊因就以充滿悲傷的表情搖了搖頭。

「還差一點就要結束了……但是現在卻變成這樣……詩寇蒂小姐她不知道是不是平安無事……」

順利完成那個追蹤任務的話究竟會發生什麼事呢……我先把這個疑問吞回肚子裡，直接把話題拉回來。

「也就是說，克萊因用繼承的追蹤技能來追上我們嗎？但是熟練度不是調降到100了？虧你們還能追蹤到這裡耶。」

「嗯，還好啦……熟練度100的話沒辦法選擇特定玩家的足跡來加以追蹤，但殘留在這片平原上的就只有一個小隊人數的足跡。我想這應該就是桐字頭的老大你們，所以才追到這裡來。」

「原來如此……」

終於了解事情來龍去脈的我，再次向艾基爾與克萊因低下頭來。

「真的幫了我們大忙。不是艾基爾跟克萊因幫忙接住的話，結衣就跟青蛙一起墜落了。」

「艾基爾先生、克萊因先生，謝謝你們！」

結衣也輕輕點頭行了個禮，結果兩名好漢就同時浮現害臊的笑容。

「如果能趕上戰鬥就更好了。」

艾基爾一這麼說……

「哎呀，我不喜歡對付那種滑溜的怪物啦～」

由於克萊因以看起來不像是在開玩笑的表情這麼說道，我便指著彎刀使盤腿坐著的代用墊子說：

「但那是青蛙的屍體喔。」

「咦？……嗚唷哇啊啊啊啊！」

看見發出悲鳴並且靈巧地直接從盤腿狀態垂直跳躍的克萊因，連詩乃都忍不住笑出了聲音。

# 9

和詩乃一起戰鬥的三名鼠人是Unital ring世界裡名為「帕特魯族」的少數民族，僅僅只有一百人左右居住在這個境界壁內部的洞窟。

詩乃在這座洞窟裡遭遇到他們，然後從懂得人族語言（也就是日文）的長老那裡聽說了帕特魯族的歷史。根據歷史，很久很久以前帕特魯族曾在基幽魯平原北部建立了雄偉的都市，但是卻因為恐怖的天地異變而一夜消滅，殘餘的生存者們也被在平原肆虐的巨大肉食恐龍驅趕，最後變成只能在牆壁的洞窟裡面生活。

帕特魯族有越過牆壁後，在遙遠東方土地有一片肥沃森林的傳說，一部分年輕人雖然想要移居到那片森林，但是想穿越牆壁東側就必須通過潛伏著猙獰巨大青蛙的巨蛋。過去有許多勇猛的戰士挑戰青蛙，但是全部遭到殺害，包含長老在內的年長帕特魯族已經放棄越過牆壁的夢想。但是詩乃為了跟我們會合，不論如何都得穿越東側，所以就和三名勇敢的——雖然是以帕特魯族的基準來看——年輕人一起試著要打倒青蛙。

大青蛙也就是Goliath rana比聽說的還要強大，倚賴的毛瑟槍效果不大，就連詩乃都考慮要撤退了。這時候我們四個人和小黑衝了進來，好不容易才打倒青蛙……詩乃說出了整件事情的經過。

不論如何，今天晚上最大且最後的目標「與詩乃會合」就這樣成功了，雖然說是附加贈品可能有點過分，不過也順利跟克萊因以及艾基爾會合，原本以為再來就只要從來時的道路回到圓木屋就可以了，但等著我們的卻是意料之外的發展。不只是參加Goliath rana戰的三個人，多達二十名帕特魯族希望與我們同行。

「……桐人啊，這會是某種任務嗎？」

莉茲貝特對著走在已經無法稱為小隊的大集團前頭的我這麼呢喃。

我考慮了一下後就搖了搖頭。

「不……我想應該不是……剛才看過選單的任務標籤了，上面沒有寫任何東西……」

「你覺得抵達森林之後就可以跟他們道別嗎？」

「…………唔嗯唔。」

「在這之前，你覺得他們所有人可以平安到達森林嗎？」

「…………唔嗯唔。」

「你的『唔嗯唔』是否定還是肯定？」

「兩者皆是。」

「唉……」一聲大大地嘆了一口氣後，莉茲貝特就對走在旁邊的莉法說：

「莉法啊，妳哥哥不要緊吧？」

「啊哈哈……哥哥有時候會退化成小孩子……」

雖然被說得很難聽，但現在連抗辯的時間都沒有了。因為自從帕特魯族的二十人表示想要同行開始，我就專心一志地思考著究竟該怎麼做才能讓一切順利。

雖然沒辦法對莉茲的問題做出確定的回答，但我不認為帕特魯族們能夠在圓木屋所在的森林——他們稱為「賽魯耶提利歐大森林」——存活下來。該處的水源與食物雖然豐富，但也因此而怪物眾多，要是遇見應該比Goliath rana更強大的尖刺洞熊，二十人應該就會全滅了吧。

目前仍未檢驗過這個世界的NPC死亡後會出現什麼樣的情形，說不定經過一定時間後就會復活，但即使是這樣也不能丟下他們不管。沒有只靠草叉就拚命戰鬥的三個人就無法打倒Goliath rana，也就不能像這樣跟詩乃會合了。

但是話又說回來了，實在沒辦法讓二十名帕特魯族都住進圓木屋裡。從面積來看或許剛好能塞得進去，但是我方的人數也增加了，將會形成無法躺下來睡覺的超擁擠狀態。該怎麼辦才好呢……當我一邊煩惱一邊往後面瞄，就看見跟詩乃並肩走在一起的結衣。

能夠再次相遇似乎讓她很開心，她緊握住詩乃的左手，帶著笑容熱烈地談著天。雖然應該不可能有這種事，但是感覺她似乎長高了一些，這可能是因為她今天展現了身為劍士的醒目成長的緣故吧。雖說她本人表示想成為魔法師，但是感覺跟「才智」比起來，或許取得「剛力」或是「俊敏」的能力比較好。說起來呢，遊戲開始到現在已經過了一天半的時間，到現在連魔法的習得方式都還不知道。

當我想到這裡時，突然浮現某個想法，於是急忙叫出了環狀選單。

我移動到道具欄標籤，將內容排序改為入手時間，最上面就出現生疏的道具名稱。

「火之魔晶石」。

擊點這讓人雀躍不已的名字後叫出了屬性視窗。道具名跟耐久度底下顯示了簡短的說明文。【凝固火之魔力後生成的結晶石。能夠習得火魔法技能。已經習得的話熟練度將略為上升。】——

出現啦——！

雖然想這麼大叫，但是會讓神經質的帕特魯族嚇一大跳，所以還是忍耐了下來。他們連走在我前面的小黑都感到有點害怕了。

火之魔晶石是什麼時候進到我的道具欄已經很明顯了。從Goliath rana的屍體浮上來的紅光……抓住那個的瞬間，它就直接收納到我的道具欄裡了吧。

尖刺洞熊的屍體沒有出現光芒，Goliath rana的屍體卻出現光芒的理由。是因為那隻青蛙使用了魔法的緣故。也就是說，要在這個世界習得魔法技能，就必須打倒使用該種屬性魔法的怪物。還不清楚只要雜兵怪物即可，或者必須是某種程度的魔王怪物才行。

繼續擊點持續顯示著的屬性視窗，Tips視窗就隨著叮鈴鈴的聲音出現了。

【要使用本道具，需要將其實體化後放入口中咬碎。】

「…………」

雖然是相當狂野的使用方法，但只要想到是從怪物身體裡浮現就也不是不能接受。消除Tips後，我就按下屬性視窗下部的實體化按鍵。

實體化後的魔晶石不像接住時那樣的無實體光芒，變成直徑一・五公分左右的透明寶石。顏色是鮮豔的深紅，中央部分封閉著小小火焰。把它像糖果一樣咬碎之後應該就能習得火焰魔法，但我當然沒有放進自己口中，而是轉頭把它遞給結衣。

「來，結衣。這個給妳。」

「……？這是什麼？」

歪著頭接過魔晶石的結衣以認真的表情看著它之後就笑著說：

「哇，好漂亮啊！這個要給我嗎？」

「嗯。」

「謝謝爸爸！我會珍惜它的！」

「不，我不是要妳保留……妳放到嘴裡吃吃看吧？」

「…………什麼？」

這時不只是結衣，連詩乃、莉茲貝特與莉法都露出疑惑的表情。雖然是應該把事情從頭到尾說明一遍的場面，但最後還是輸給希望把魔法技能當成驚喜禮物的欲求，沒有說明就催促起結衣。

「吃吃看就知道了，試著把它咬碎吧？」

「…………」

結衣雖然露出跟亞絲娜對我的言行感到懷疑時完全一樣的表情，但還是乖乖地把寶石放進嘴裡。鼓起臉頰在嘴裡滾了一陣子後，才以模糊的聲音說：

「爸爸，沒有任何味道。」

「喂，桐人。真的不要緊吧？」

拍胸脯對瞪著我的詩乃做出「不要緊不要緊」的保證後，又把視線移回結衣身上。

「結衣，不是用舔的，直接把它咬碎。」

「……好……好的。」

結衣露出有所覺悟的表情，以右側的牙齒咬住魔晶石，然後閉上眼睛用力咬下。結果沒有出現我預想的「喀哩」聲，反而傳出了「啪鏗————」的尖銳清澈聲音——

突然間，從結衣的嘴裡噴出鮮紅色火焰。

「呼哇啊啊啊啊！」

結衣因此發出悲鳴，而我驚訝的程度大概是她的一半，不過她的HP沒有減少。莉茲貝特大叫「火災火災火災」，然後準備讓結衣喝水，但這個時候火焰已經熄滅了。

「哥哥！這樣的惡作劇實在太過分了！」

我急忙對舉起拳頭的莉法用力搖頭。

「不……不是啦！結衣，應該出現習得的訊息了吧？」

「呼哇啊……啊，出現了……寫著習得了火魔法技能……咦！」

瞪大雙眼的結衣以眼睛看不見的速度打開環狀選單，然後移動到技能標籤處。敲打習得技能一覽表的最上方，瞥了一眼打開的視窗——

「哇啊，好像可以使用名為『火焰箭』的魔法！」

詩乃等人以啞然的表情凝視著發出興奮聲音的結衣。我露出滿意的笑容，然後催促心愛的女兒說：

「馬上用用看吧。」

「好的！這個世界的魔法和ALO不同，似乎只要用手勢就能發動。嗯……」

從視窗上抬起頭的結衣，把嬌小的雙手舉到身體前面。

「首先這是火屬性魔法的基本手勢。」

伸直五隻指頭的右手從斜上方貼在握拳的左手上。結果兩手都出現淡淡紅色氣息。

「以接下來的手勢指定發動的魔法。」

一邊打開左手一邊將其往正前方伸去，以拉弓般的動作將右手移動到肩膀上方。結果一條發出微弱光芒的紅線就像是要連結雙手般出現了。結衣迅速環視周圍，把左手朝向前方二十公尺左右的岩石。

「然後這是發動的手勢。三個手勢的動作與節奏越正確，魔法的威力與命中準度似乎就越高。」

她打開的雙手同時用力握緊。在她左手前方展開了小小魔法陣，紅色光線變成了火焰箭，隨著「咻砰！」的聲音發射出去。畫出平緩拋物線軌道的箭準確地命中岩石，引發了輕微的爆炸。我們發出「喔喔！」的感嘆聲並且拍手。原本以為帕特魯族會感到害怕，但他們似乎沒有膽小到那種地步，正發出吱吱的聲音似乎在談論些什麼。

雖然威力和華麗度遠遠比不上ＡＬＯ裡大師等級的魔法師們使用的高位魔法，但在這個世界裡除了Goliath rana的火球之外首次見到的魔法還是給了我很大的勇氣。而且魔法技能似乎不只有反覆使用才能提升熟練度，攝取魔晶石也能達到同樣的效果，看來有許多地方比武器技能更加有趣。我將來也想習得魔法，不過目前還是先輔助結衣的成長吧。

「結衣，剛才那支箭減少了多少ＭＰ？」

「呃，我最大的ＭＰ是１５７，現在減少了15所以大概是一成左右。」

「唔嗯唔嗯……自然回復的速度呢？」

「『集中』能力在等級１的狀態下，回復１點需要花六．二秒。計算起來要回復一發『火焰箭』分量的ＭＰ得花上九十三秒，所以不太能夠連發……」

結衣說完就伏下眼睛，我則是搔了搔她的頭部。

「不需要沮喪喔，光靠自然回復的話大部分的遊戲都是這樣。我想應該馬上就能入手ＭＰ回復藥水，或者是能從素材調合出藥水。」

「如果是這樣就好了……」

「這方面我一定會想辦法，結衣妳不用擔心。總之只要ＭＰ完全回復就使用魔法，盡量提升技能熟練度吧。」

「好的！我會努力！」

看見終於露出笑容的結衣，莉法也以元氣十足的口氣表示：

「好，我也要快點習得風魔法！桐人啊，如果入手風魔法的石頭要送給我喔！」

「是是是。吃下風之石嘴裡不知道會跑出什麼喔～」

只不過是說出單純感到疑惑的問題，沒有裝甲的左側腹就被莉法用力戳了一下，我則是誇張地發出「嗚咕」的苦悶聲響。下一刻，和艾基爾一起擔任龐大小隊殿後工作的克萊因就從後方傳來這樣的呢喃。

「唉～結果在Unital ring也是這樣嗎～」

跟來時相比，從基幽魯平原往東走回去的回程可以說平穩到讓人難以置信。或許是因為知道路徑，以及前方有歡樂的家在等著的安心感所致吧，眾人甚至有欣賞風景的心情。

雖然還是經常有鬣狗與蝙蝠發動攻擊，但我們的戰力已經增強許多，因此能順利擊退牠們，也沒有再受到那陣恐怖的冰風暴襲擊。最擔心的事項也就是水與食物，也靠著肢解Goliath rana入手的大量青蛙肉以及洞窟大量湧出的泉水獲得充分的補足——雖然女孩子們對於烤蛙肉似乎沒有什麼食慾就是了。

幸運的是洞窟內不只有水和食物，也採取到大量的鐵礦石與銅礦石。這些礦石就交給不願意將蛙肉放進道具欄的女孩子們，以及背負著小小背包的帕特魯族負責搬運，回到據點後把它們熔掉的話，應該就能有好一陣子不缺鑄塊了。

時間經過二十二點三十分時，我們終於再次橫越基幽魯平原，來到賽魯耶提利歐大森林的入口。再來就是在森林中走一陣子，渡過河川後就能回到圓木屋。

前方看見巨大樹木的瞬間，二十名帕特魯族就跳起來互相擁抱，其中甚至還有人哭了出來。對他們來說，賽魯耶提利歐大森林是代代相傳的「約定之地」，所以也難怪他們會如此興奮了，但森林絕對不是安全舒適的理想鄉。

請唯一習得帕特魯語技能的詩乃傳達還不能放鬆的訊息後就踏入森林當中。一邊打倒種類完全變得不同的怪物一邊專心往東前進，最後前方就稍微能看見搖晃的光芒。

「啊，是河！馬上就要到家了！」

發出歡呼聲的莉法快速跑了出去。

「別跑啊！河川裡面也有怪物……」

我這麼呼叫著她，然後跟小黑一起準備追上去，但是莉法突然緊急煞車，我也跟著急忙停下腳步。

「喂，妳是怎麼了……」

「哥哥，你看那個！」

我也往上朝莉法所指的方向看去。下一個瞬間，我就被心臟停止般的感覺襲擊。

河川對岸一整排樹木後方的夜空正熾烈燃燒著。我反射性叫出地圖來確認位置。那個方向是……我們的圓木屋。豎起耳朵聽之後，還能聽見混雜在火焰爆炸聲之中的些微金屬聲。聞到隱含在夜風內的焦臭味後，小黑就發出「咕嚕嚕……」的低吼。

「亞絲娜……西莉卡……愛麗絲！」

我快速呼喚應該守護著家園的三個人，然後開始拚命奔跑。莉法跟莉茲貝特等人也跟在後面。

衝過覆蓋著大小石頭的河岸，選擇淺灘處渡過河流。東岸的樹林裡殘留著艾恩葛朗特斷片落下時造成的一直線裸地，圓木屋就在這個痕跡的前方。

來到這裡後，就能清楚看見樹木深處熾熱燃燒的火焰。金屬聲——刀劍互碰的聲音也清楚地傳了過來。應該是受到某人，恐怕是跟昨天晚上的摩庫立等人同樣的ＰＫ集團襲擊了。

雖然想立刻趕過去，但是必須先決定該如何處置二十名帕特魯族。他們的防具是簡陋的布衣，武器全是草叉、割草鐮刀等有一半像是道具的東西，依Goliath rana戰時所見整體的能力值大概是等級2或3左右。要是被捲入劍技此起彼落的混戰裡，很可能會出現死者。

「詩乃，告訴帕特魯族的人躲在這附近！」

點頭的詩乃雖然傳達了我的話，但是帕特魯族們短短交談了兩秒鐘後就一起搖了搖頭。雖然很難從圓滾滾的黑色眼睛讀取感情，但是能從「ㄨㄨㄨ！」的叫聲裡感覺到他們的憤慨。

「……他們說『偶們也要戰鬥』。」

詩乃的翻譯讓我忍不住反問了一句「偶們？」，但是隨即轉念想著「詳情之後再問吧」。雖然依然感到不安，但是沒有時間鼓動唇舌來說服他們改變心意了。

「我知道了，那麼至少告訴他們二十個人要聚在一起不要分散了。」

等待詩乃翻譯完後，我就看向莉法、莉茲貝特、克萊因、艾基爾以及結衣的臉龐。

「雖然不清楚襲擊者的身分與規模，但慢吞吞地進行偵查的話亞絲娜她們會有危險。只能趁敵人大意時衝過去，然後隨機應變與其戰鬥了。」

「這種一次決勝負的戰鬥就交給我吧！」

克萊因拍了一下穿著皮鎧的胸脯。這時候要是吐嘈「你繼承的是『追蹤』技能吧……」就太不給面子了。

迅速互相點點頭後，我們開始跑了起來。

全速衝過從河岸往東北方延伸的裸地。前方立刻就能看見鮮紅火焰。幸好燃燒的不是圓木屋而是圍住圓形院子的旋松老樹。在前往基幽魯平原前大家一起建築的三公尺高石牆與木製大門依然健在。

此時有銀色光芒在那道石牆上閃爍著。是刀劍互擊的光芒——亞絲娜她們在寬只有三十公分的牆壁上與襲擊者交戰。燃燒的樹木底下有十名，不對，是二十名以上應該是玩家的人影不斷衝向石牆並且往上攀登。對旋松放火應該是用來作為照明吧。

「鏘！」特別激烈的金屬聲響起，其中一名襲擊者從牆上滾落到地面。拖著栗色長髮的亞絲娜迅速反轉將手中的細劍朝爬上來的另一名襲擊者刺去。稍遠處也能看到愛麗絲與西莉卡正在奮戰。看來她們三個人只是專心把敵人擊落到牆外。

亞絲娜她們的意圖很明顯。拖延時間——相信我們和詩乃會一起來救援，在那之前只是持續努力想盡辦法擋住敵人的入侵。

從旋松的燃燒狀況來看，戰鬥已經進行三十分鐘以上了。襲擊者可以在地面休息，但是持續在狹窄立足點戰鬥的亞絲娜等人不要說ＨＰ了，就連精神力應該也快到達界限。當我死命奔跑並且這麼思考著時，新的敵人又從亞絲娜背後逼近。西莉卡與愛麗絲都在跟眼前的敵人戰鬥而沒有注意到。由於籠罩樹木的火焰發出轟然巨響，就算在這裡大叫聲音也傳不過去。

即使如此，我還是為了警告亞絲娜而在胸口吸滿空氣。

但是在發聲之前，身後就快一步傳出了槍聲。

想要悄悄靠近亞絲娜的敵人像被彈開般後仰，踩了幾步虛浮的腳步後掉到牆壁內側。是詩乃用毛瑟槍進行了狙擊。雖然技巧依然十分高明，但敵人跌入牆內的話，大門的門閂將會被打開。

結果一道猙獰的「咕哇！」吼叫聲掃除了我的擔心。那是阿蜥的叫聲。亞絲娜的寵物長喙大鬣蜥似乎正在處理掉入石牆內的敵人。

毛瑟槍的發射聲被旋松的爆裂聲掩蓋，敵人似乎沒有注意到我們的存在。我用手勢催促詩乃停下來再次裝填子彈，並提升奔跑的速度。

與敵人集團的距離是十公尺。

「小黑，保護結衣！」

「嘎嗚！」

一聽見可靠的吼聲，我就把右手的長劍舉到肩上。

昨天的戰鬥當中，武器只有石頭小刀，防具只有一件內褲的我對上PK時陷入了相當的苦戰，但今天就不一樣了。劍微微地震動並且帶著黃綠色光芒。感覺到劍技發動的瞬間，我就用盡全力往地面踢去。這招是音速衝擊。

這時終於有一名襲擊者注意到我們的接近。

「喂，後……」

但零點一秒後，我的劍就深深地撕裂那個男人的左肩。所有襲擊者應該組成了聯合小隊，所有敵人頭上都顯示出紅色HP條。

我攻擊的男人防具是皮革製，武器是鐵製單手斧。雖然不清楚是從ALO繼承還是從這個世界入手的武器，但是跟昨天的摩庫立等人一樣等級絕對不低。

即使如此，應該是「剛力」第5級以及「碎骨」第1級的效果吧，我的一擊就奪走了男人八成以上的HP。被轟到地面又因為反彈而稍微浮起的男人，左胸被從後面飛來的橘色火線貫穿。詩乃的槍擊——不對，是結衣的「火焰箭」。僅存的HP飛逝，男人再次倒到地面。環狀浮標一邊高速旋轉一邊巨大化，在原本HP條的位置刻上【00001：01：41：26】的數字。

一天又一個小時四十一分二十六秒。這就是這個男人在Unital ring世界存活的時間。

旋轉的數字消失的同時，成為浮標中心軸的銳利紡錘形就往正下方射出，貫穿了男人的身體。失去靈魂的虛擬角色連同裝備變形成無數圓環，圓環立刻分解成極薄緞帶升上夜空。

這樣的現象似乎成為了契機。

「敵襲！敵襲————！」

「從後方攻過來了！包圍並且殲滅他們！」

附近拿著盾牌的玩家以及似乎是領隊的長槍使依序這麼大叫。

雖然被對方大叫敵襲實在有點不滿，但是以言語溝通的階段早已過去。襲擊者們從呈弧形的石牆左右兩邊舉起劍與長槍湧至。鐵製武器大概占一半左右，其他都是石製武器。能夠生產鐵的話，應該會製作所有人的武器才會攻過來，大概是像摩庫立他們那樣，繼承武器沒有超過重量限制，或者是從哪裡買來、撿來甚至是搶來的吧。

就算是這樣，他們到底是從哪裡入手圓木屋的情報呢？看起來不像跟摩庫立等人一樣是沿著河川北上才偶然發現。雖然沒有確證，感覺像是知道這裡築起據點，在盡可能準備之後才往這裡進攻。是遭到全滅的摩庫立還是其伙伴為了洩憤而流出情報？但那群傢伙看起來不像會做這種不會給自己帶來任何好處的事——

在受到壓縮的時間當中，耳朵深處再次響起摩庫立的輕薄聲音。

——這是老師的教導啊。不要只看對手的某個部分，要掌握全體。老師說……這樣就能知道對方想做什麼、討厭什麼了。

在一對一戰鬥中曾經將我逼入絕境的摩庫立確實這麼說過。老師……也就是指導摩庫立對人戰心得的某個人還存活在Unital ring世界裡。如果是那個老師什麼的在暗地裡策動這次的襲擊，那麼二十名以上的敵人應該都對於PvP有一定熟悉度才對。

問題是那個老師的指導是不是只針對一對一互砍，還是也指導了集團戰。不對，應該認為指導過集團戰了。

在不到一秒鐘的時間就想到這裡的我，隨即對伙伴們做出指示。

「衝進森林！別讓那些傢伙合作！」

但是艾基爾立刻大聲叫著回答：

「不可能，森林裡連地面都著火了！」

「…………！」

屏著呼吸的我迅速環視左右，燃燒旋松的火焰已經蔓延到草地，衝進那種地方的話一瞬間就會被燒死。

這時我才終於了解，襲擊者們燃燒圓木屋周邊的森林不只是為了照明，也是為了封鎖游擊戰術。像是要印證我的推測一般，從左右兩邊湧至的敵人集團，最前面的是兩名持大盾的坦克，左右兩邊是裝備劍與斧頭的攻擊手，後方則是持長柄武器的減益手，可以說組成了範本一般的陣形。看起來沒有魔法師算是不幸中的大幸，但就算是這樣，狀況還是一點都沒有好轉。

石牆上方的亞絲娜等人依然在奮戰當中。亞絲娜一瞬間把臉朝向往上看著這種模樣的我，兩人互碰的視線就像爆出了火花一般。

看來亞絲娜也沒有能夠一舉逆轉的妙計，但可以感受到她傳來絕對要守住我們家的堅強意志。殘留在圓木屋的三個人相信我們一定會來救援，就這樣持續不斷把爬上牆壁的敵人擊落。我們必須回應她們的努力才行。

我方的優勢是莉茲貝特幫忙製作的高品質鐵製武器、結衣習得的火屬性魔法、二十名帕特魯族以及詩乃的搭檔黑卡蒂II。其中具備將壓倒性人數差距翻盤潛力的就只有黑卡蒂II，但是詩乃說過專用的子彈只剩下六發。擊中要害的話，黑卡蒂II的威力甚至能夠屠龍——實際上詩乃似乎真的打倒了巨大恐龍——但是六發子彈恐怕不足以擊退超過二十名以上的玩家。另外也不能在此就耗盡即使在Unital ring世界應該也是最強等級的火力。

「喂，桐字頭的老大，現在該怎麼辦！」

站在旁邊的克萊因舉起細長彎刀，同時以真的感到焦急的聲音對我問道。

「要賭一把直接衝入敵陣的話，我會緊跟著你喲！」

「現在自暴自棄還太早了，一定有什麼逆轉的方法才對。」

「話雖如此，但是靠正攻法可無法破解鞏固到那種地步的防禦啊。」

正如克萊因所說的，敵人集團沒有產生動搖，只是把盾牌擺在正中間然後一點一點縮短距離。我們要是沉不住氣使出劍技的話，對方應該會用坦克確實擋下來，然後以反擊來一口氣決定勝負。這種進攻方式，讓人覺得他們似乎一開始就知道我們的陣容攻擊手偏多。

應該撤退到河岸邊嗎？不行，這樣只會讓襲擊者繼續攻擊圓木屋。或許是感覺到敵人的壓力吧，在後方守護著結衣的小黑發出「咕嚕嚕……」的低吼。然後聚集在更後方的帕特魯族們也洩漏出不安的聲音。

如果我是那種極度冷血無情的領袖，或許就能訂立讓他們突襲敵人集團來製造混亂狀態，然後趁機來排除坦克的作戰。但是我當然無法做出這樣的決定。他們打倒了Goliath rana這個長年的仇敵，好不容易才剛剛抵達賽魯耶提利歐大森林這個約定之地。雖然這個區域也棲息著恐怖的怪物，但讓他們因為捲入玩家之間的紛爭而出現死者的話，之後絕對會遭受良心譴責……

「…………啊！」

我發出低沉的叫聲。

雖然不知道能不能稱之為優勢，但這座森林裡還存在一個極大的不確定要素。如果能把那個要素吸引過來，襲擊者們應該也沒辦法再這麼好整以暇了吧。

「克萊因、艾基爾。」

我小聲對站在我左右兩側的兩個人做出指示。

「把你們身上所有的青蛙肉都丟進附近的火裡。」

我不等待他們回應就迅速叫出環狀選單，把塞在道具欄裡面的大量Goliath rana肉實體化。抓住不斷在視窗上實體化的鮮紅色肉塊，一把丟進在左側熾烈燃燒的火焰裡。

只比我晚了一會兒，克萊因他們也開始同樣的作業。在這種九死一生的狀態下，為何要做出這種意義不明的舉動——沒有這麼提問是因為相處已久的結果。只不過這個作戰要是失敗，我的信用度也會大幅下降吧。

「……那些傢伙在做什麼？在這種狀況下整理垃圾嗎？」

敵陣的其中一人說出這樣的疑問後，其他玩家就回答：

「在烤肉耶。難道是想用食物來引誘我們？」

「不會以為我們是ＮＰＣ吧。」

在這些言語此起彼落之中，Goliath rana的肉也不斷在火焰之中烤著，附近開始飄起很香的味道。雖然粉紅色的色澤實在有點太鮮豔了，但是青蛙肉是等級相當高的食材，光是用火烤就發出胡椒混合了迷迭香一般的強烈香味。

但是光靠這樣的香味當然無法讓襲擊者們失去戰意。身為隊長的長槍使從後方傳出冷靜的聲音。

「……在繼續做出古怪舉動之前就收拾掉他們！開始計畫2！」

接到這個指示，集團成員口裡就叫出「喔喔！」的聲音。

但是我們無法得知計畫2是什麼作戰。因為從森林深處傳來了旋轉巨大石臼般的聲響。

「吼嚕嚕嚕嚕……」

——來了。

地面微微震動。新的戰慄讓我背後流出冷汗。託青蛙肉的福，看來是成功將「不確定要素」吸引過來了，但這是一把雙面刃。

分為兩邊的敵人集團，待在左側的人露出明顯的動搖。

「喂，後面好像有什麼……」

「咕嚕啊啊啊啊啊！」

宛若雷鳴般的吼叫聲響起，一棵燃燒中的旋松從根部折斷。從火焰當中衝出來的是即使前腳著地，頭部距離地面依然有兩公尺高的超巨大四腳獸。昨天晚上將我們推入恐懼深淵當中的森林支配者——尖刺洞熊。或許是烤青蛙肉的味道刺激了牠的空腹感吧，粗大的牙齒間不停滴下唾液，紅色眼睛裡帶著飢餓的光芒。

「嗚哇啊啊啊！」

發出悲鳴的敵人攻擊手胡亂刺出手裡的鐵劍。但是洞熊沒有絲毫害怕的模樣，以不符合巨大身軀的敏捷身手撲過去後，右手隨興掃開了攻擊手。

「咕啊！」

宛如破布般被吹飛的攻擊手，猛烈撞上圓木屋的石牆後發出恐怖的聲音，彈回三公尺左右才滾落到地面。浮標的中心射出，分解的虛擬角色變成纏繞在一起的緞帶被夜空吸去。

雖然算不上重武裝，但一擊就能殺害具備一定水準防具的玩家，看來尖刺洞熊的能力值比我想像中還高。我想牠應該不會使用魔法，但是光看物理攻擊力絕對超過Goliath rana。

昨天晚上以「屋頂滾落圓木作戰」打倒牠確確實實是一個奇蹟……我重新有了這樣的體認，同時和克萊因、艾基爾一起慢慢後退。

原本預想目擊伙伴遭到瞬間殺害的襲擊者們會陷入恐慌而到處逃竄，但是並沒有如我所願。最快從衝擊裡恢復過來的長槍使，舉起明顯是繼承武器的考究曲鐮戟，然後以渾厚的聲音大喝：

「別慌張！Ａ隊Ｂ隊會合，對魔王陣形！」

長槍使的頭髮是紅黑色，肌膚則是赤銅色。在ＡＬＯ裡絕對是火精靈族。雖然不曾見過，但應該是尤金將軍麾下，在種族戰爭裡隸屬於長槍兵部隊的其中一人吧。

如果是這樣，竟然能夠唆使這種核心玩家的「老師」究竟是什麼人呢……

當我再次陷入疑問當中時，視線前方原本分為兩隊的襲擊者們迅速會合，形成了巨大的聯合部隊。這次依然是坦克、攻擊手、減益手這種範本般的排列，連在石牆上跟亞絲娜她們戰鬥的三個人都跳到地面來加入陣形當中。

「吼嚕嚕哦哦哦！」

再次發出吼聲的尖刺洞熊，以鉤爪抓了幾次地面之後猛然往前突進。是連圓木屋的牆壁都能破壞的身體攻擊——

「喀鏗————！」的衝擊聲震動空氣。四名坦克排成橫列把盾牌連結在一起，好不容易才把洞熊的猛烈突進擋下來。我忍不住發出「喔喔……」的驚嘆聲。

但是沒有時間感到佩服了。在這種混亂的狀況下，我們也必須採取最適當的行動。

「喂，桐人，現在怎麼辦！」

我在左手被莉茲貝特拉著的情況下拚命轉動腦袋。敵人集團對我方露出側腹，當然會想攻擊該處，但隨便靠近後連我們都被洞熊盯上的話可就本末倒置了。

雖然不願意，但還是就這樣觀看尖刺洞熊與襲擊者們的戰鬥，如果是洞熊獲勝當然很好，就算輸了敵人玩家們應該也會蒙受莫大損害，到時候再包圍起來加以殲滅……

當我準備說出這合理又冷酷的方針時——

「桐人哥。」

有人從右側這麼叫我，於是我便看向該處。不知道什麼時候已經站在艾基爾背後的是原本待在石牆上的西莉卡。原本想要慰勞長時間奮鬥的西莉卡，但是她卻迅速以右手阻止了我。

「桐人哥，那隻巨大的熊就是希望我加以馴服的尖刺洞熊吧。」

「啊……嗯，是沒錯。但那是將來的希望……」

「就算是這樣，我現在也不願意捨棄將來可能會當成寵物的孩子。」

西莉卡以認真表情這麼說道，她頭上的小龍畢娜也簡短發出「啾……」的叫聲。

——不論那隻洞熊是輸還是贏，將來要挑戰馴服的都是再次湧出的其他個體喔。

我把這句話吞了回去。對於從SAO時代就一直是馴獸師的西莉卡來說，這不是能夠用道理說明的問題吧。現在在這裡把尖刺洞熊當成棄子的話，就算將來成功馴服其他個體，也沒有辦法做到真正的心靈相通……我可以理解也願意尊重這樣的心情。

我接受西莉卡筆直的視線後，看向並肩站在遠方石牆上的亞絲娜與愛麗絲。手拿細劍與長劍，長髮正隨風飄揚的兩個人，簡直就像是贊同我的決定一樣一起對我點了點頭。

「……我知道了。前面就交給洞熊，我們從後面進攻。」

把臉移回來並如此宣告後，西莉卡就點頭表示「好的！」，克萊因也拍著我的背部說「就是得這樣才行啊！」。

前方尖刺洞熊與襲擊者們正展開激戰。洞熊的主要攻擊手段是雙手橫掃以及突進，四名持盾玩家則拚命擋下這些攻擊，然後劍使由左右兩邊，長槍使則由後方給予牠傷害。整然有序的合作看起來完全不像是臨時組成的聯合部隊，但是我還沒有跟洞熊接觸，所以不清楚牠被削除了多少ＨＰ。根據我們參戰的時機，屆時將會對上元氣滿滿、怒氣到達頂點的尖刺洞熊，但是也只能臨機應變了。

用眼神跟伙伴們溝通過之後，我就緩緩舉起右手的劍，等洞熊不知道開始第幾次突進攻擊的瞬間就迅速把劍往下揮落。

我、艾基爾與克萊因排成橫列往前衝刺。目標是在敵陣後列中央進行指揮的隊長長槍使。艾基爾先發動雙手斧的範圍攻擊「漩流」，橫掃保護著隊長的兩個人。

「嗚喔……」

「攻過來了！」

被打倒的兩個人嘴裡這麼大叫，後列的所有人便看向這邊。另外兩個人就以令人佩服的反應速度攻向處於技後僵硬中的艾基爾。

「別作夢了！」

克萊因發動單手彎刀的基本技「掠奪者」，我也以「垂直斬」衝了進去。完美同步的斬擊砍倒兩名敵人。

這樣就有四名敵人陷入翻倒狀態，繼艾基爾之後我跟克萊因也開始技後僵硬。敵人領袖這時把曲鐮戟整個往後拉並且大叫：

「這不是適合發動攻擊的時候吧，桐人！」

——為什麼每個傢伙都認識我啊。

我在心中這麼咒罵，同時瞪著曲鐮戟帶著藍綠色光芒的銳利槍刃。雙手用長槍的範圍攻擊技「渦流」。威力雖然比雙手斧的「漩流」低，但是帶有眩惑的異常狀態效果。

這個時候我才終於可以看見敵人隊長的HP條上顯示出【Schulz】這個名字。唸作……修魯茲嗎？雖然沒見過，但應該會跟摩庫立一樣成為難以忘記的名字吧。

就在「渦流」即將一次掃倒我們三個人時。

後方傳出兩種炸裂聲，兩條火線直接擊中修魯茲的胸口與右肩。是結衣的魔法與詩乃的子彈。修魯茲的範圍技消滅，身體整個往後仰。莉茲貝特與西莉卡撲了過去，鎚矛與短刀的普通技完成追擊，把他擊倒在地面。

這時終於從技後僵硬中解放出來的我，一邊把身體前傾到極限一邊舉起劍來。

三連擊技「銳爪」全部擊中的話，應該能讓修魯茲的HP歸零。但是以一般的方式發動的話，斬擊無法擊中倒在地面的敵人。這個時候就要壓低身體來使出劍技，但要是太過傾斜就會被判定為異常體勢，劍技也就不會發動。

兩腳腳尖像要刨起地面一樣支撐著身體，把身體壓低到容許的極限後輸入動作。鐵劍一邊

發出高周波一邊閃耀紅光。

踢向地面的瞬間，我的視線和倒地的修魯茲相對。

他的眼裡透露出驚訝、懊悔以及另一個感情。是疑惑……？對什麼感到疑惑？

到了這個時候，我才突然興起與他談話的念頭。是從誰那裡聽說圓木屋的所在地？是如何組成如此大規模的部隊？為什麼二話不說就發動攻擊？但已經太遲了。我不能夠停下發動的劍技。

在系統輔助與加成下，我一瞬間就跳過五公尺的距離。修魯茲沒有勉強起身，在仰躺的情況下以兩手舉起曲鐮戟來抵擋，但是太高估我斬擊的軌道了。從宛如在地上爬行的衝刺所發出的銳爪，初擊就鑽過了長槍的柄陷入修魯茲的脖子內。

反彈回來的劍無視慣性揮出第二、第三擊。刻劃在空中的鮮紅爪痕與血色傷害特效混雜在一起。修魯茲的HP條急遽減少，最後一下子就消失了。

「桐人……你真的……」

如此呢喃著的修魯茲，身體被HP條射出的紡錘貫穿並分解成無數的環。

——「我真的……」怎樣啦！

雖然很想這麼大叫，但又覺得這句話不適合送給奮戰到最後才永遠離開這個世界的男人，於是便忍了下來。而且目前戰鬥仍未結束。

我撐起身體，環視周圍的敵人並且大聲呼叫：

「你們的隊長死了喔！要逃走的話我們不會追擊！」

在Underworld的盧利特村附近的洞窟與哥布林集團戰鬥時，這麼叫完敵人就落荒而逃了，但我附近的玩家只是一瞬間露出疑惑的表情，隨即就大叫著如此回應。

「少囉嗦！怎麼可能現在才逃走呢！」

由於他揮舞著短槍衝了過來，我便急忙做出抵擋。重新告訴自己「嗯，也是啦」之後，我就以渾身的力量把對方推回去，接著用「垂直斬」把他轟飛。

接下來就是毫無秩序與合作的極度混戰了。

由於有一半的敵人在跟尖刺洞熊戰鬥，我便一邊注意不要靠近該處一邊專心砍倒另一半的敵人。最讓人感到安心的，是詩乃的毛瑟槍與結衣的火焰魔法會確實將試圖一招扭轉戰局的敵人準備使出的大技劍技摧毀，所以能夠集中精神對付眼前的敵人。當然敵人也不是笨蛋，其中也有人試著要擊沉詩乃與結衣，但是小黑與帕特魯族們幫忙確實地阻止了他們。

最後決定戰況的是判斷已經沒有人要攻擊圓木屋後，從牆壁上躍下的亞絲娜與愛麗絲。她們像是要散發被迫長時間防守的壓力般肆虐戰場，不到五分鐘，敵人的八名後衛就從戰場上消失了。

呼一聲鬆了口氣後，我便為了慰勞亞絲娜與愛麗絲的奮鬥而開口表示：

「兩位辛苦了，抱歉來遲……」

「吼嘎哦哦哦哦！」

跟之前比起來音量與猙獰度又往上提升的咆哮打斷了我的話。

往左邊一看，殘存的八名敵人前方，尖刺洞熊正大大地張開雙臂。昨天也看過那個動作。

接下來要使出的攻擊是——

「糟糕……所有人趴下！」

我才剛大叫完就撲向地面。伙伴們遲了半秒左右也跟著我趴下。

下一個瞬間，洞熊胸口浮現的閃電圖樣就發出白光。

放射狀發射出去的無數飛針吞沒了八名敵人。

昨天晚上愛麗絲即使穿著繼承裝備的板甲，面對這招恐怖的廣範圍攻擊還是損失了一半的ＨＰ，這時我無法看清楚它造成什麼樣結果。因為流彈，不對，是流針從頭頂掠過，我只好趕快把臉貼到地面上。

周圍的土壤與樹木、岩石不斷傳出被金屬針刺中的聲音。即使處於這種姿勢還是能確認小隊成員的ＨＰ，我便祈禱不要有任何人死亡並且等待著攻擊結束。

從左後方傳來「好痛！」的悲鳴，克萊因的ＨＰ跟著大量減少。接著艾基爾也受到傷害，而我的左肩也遭到貫穿。如果連趴在地面都還有針會飛過來，那麼要避開這種攻擊的方法就只有飛天或者遁地了。遊戲平衡完全崩壞了吧……雖然很想這麼說，但是等級1就落到起始地點二十五公里外的我們說起來也有不對的地方。我拚了命地祈求「這一點我也承認但請給我們認真提升等級的機會吧」。

「嗶唏！」一聲刺中我鼻子前方幾公分處後，飛針雨終於結束了。

畏畏縮縮地抬起頭來，就看見尖刺洞熊將前腳放到地面來靜止不動，牠面前的八名敵方玩家則是僵硬地站在原地。四名坦克並肩舉著盾牌來掩護背後的四名攻擊手。竟然能撐過極近距離之下發射出來的飛針，即使是敵人其判斷力與防禦力依然值得敬佩……

銳利的紡錘從顯示在他們頭上的環狀浮標往正下方射出。八名虛擬角色同時遭到分解，變成無數緞帶之後被吸入夜空當中。

緞帶消失之後，黑色遺物袋就不斷降下來堆積在同一個地方，但現在根本沒有多餘的心思去拿這種東西。依然趴在地上的我呻吟了一句「不會吧……」。

尖刺洞熊發出簡短的「咕嚕……」吼叫聲。發出紅光的雙眼狠狠瞪著我們。明顯是以我們為攻擊目標，但是無法立刻做出該逃跑還是作戰的判斷。

由於中了一發飛針，所以我的視界裡顯示了洞熊的浮標。殘餘的HP是六成再多一點。雖然認為襲擊者們已經打了一場漂亮的仗，但果然正如我所擔心的，洞熊依然是元氣十足。雖說以這些成員來戰鬥也不是沒有機會獲勝，不過沒有能全員存活的確信。

——不對，等等喔。我記得不是要跟熊戰鬥……

這個時候，一道嬌小的人影就從依然趴著的我和克萊因、艾基爾後方衝出來。是西莉卡。右肩上坐著畢娜，手上連短劍都沒拿就朝著尖刺洞熊靠近。

「喂……喂，西莉卡！」

急忙爬起來這麼呼叫，但西莉卡依然背對著我們並且以壓抑的聲音說：

「請交給我吧！」

這邊的「交給她」當然不是「幹掉」而是要「馴服」的意思吧。但老實說，這應該比打倒牠還困難。我能夠馴服背琉璃暗豹已經是萬分之一的奇蹟了，不過那個時候我們跟小黑都被捲入冰風暴之中差點就要凍死，因此無法否定這樣的狀況影響了成功判定的可能性。

但眼前的尖刺洞熊正因為受到長時間的煩人攻擊而充滿憤怒，即使瞬間擊殺八名襲擊者，怒氣也完全沒有減弱的模樣。以狀況來說跟馴服小黑時是完全相反，老實說實在不認為是並未繼承馴獸技能的西莉卡所能馴服的對象。

但西莉卡絲毫沒有露出恐懼的模樣，直接就朝露出牙齒低吼的洞熊走去。她的雙手似乎握著巨大的塊狀物。那是……在火裡面烤得熟透了的青蛙肉。

注意到這一點的瞬間，我終於想到自己應該做什麼了。

「克萊因、艾基爾，收集森林裡面的肉吧。」

「好……好喔。」

「了解了。」

以視界邊緣捕捉西莉卡的身影，同時為了不刺激到洞熊而縮起身體行動。修魯茲他們放的火在不知不覺間已經把圓木屋周邊的旋松焚燒殆盡，火勢幾乎已經熄滅了。於是我便從焦黑的地面撿起發出咻咻聲的青蛙肉來放進道具欄裡。

另一方面，西莉卡前進到距離發出低吼的尖刺洞熊兩公尺左右時，就靜靜地扔出左手的肉塊。

「吃飯嘍，熊先生。」

對於這句話的反應……

「嘎吼嚕啊啊啊啊啊！」

是這樣的怒吼。

尖刺洞熊以後腳站立起來，並且舉起長著小刀般鉤爪的手。直立的話隨便都超過三公尺的熊，和伙伴中身高只贏過結衣的西莉卡，體格上的差距確實令人感到絕望，當然ＶＲＭＭＯ的角色身高與戰鬥力並不成正比，即使如此我還是看見被洞熊手臂橫掃的西莉卡跟襲擊者們一樣遭到分解的幻影。

但是——

洞熊緩緩放下舉起的雙臂，直接恢復成四腳步行狀態。聞了一陣子掉在前方的蛙肉氣味後就大口咬下，嚼了幾下就直接整個吞下去。

「…………」

我忍不住停下撿拾肉塊的手，專心看著洞熊與西莉卡的模樣。這時西莉卡的視界應該出現馴獸的圓形計量表了。西莉卡計算時機後也丟出右手的肉。洞熊立刻咬下。

看見兩手空空的西莉卡打開道具欄，我就急忙小聲拜託艾基爾他們說：

「把撿來的肉塊傳給我。」

結果立刻不只有艾基爾與克萊因，連莉茲、莉法、亞絲娜都傳來交易視窗。連續擊打ＹＥＳ鍵全部接受之後，就躡手躡腳朝著西莉卡走到交易射程距離的二．五公尺處。我傳送過去的交易視窗立刻得到回應，這樣烤青蛙肉就全部傳送到西莉卡的道具欄裡了。

再來我們能做的就只剩下向天祈禱。

西莉卡遵從只有她能看見的計量表，不斷把青蛙肉丟出去。洞熊也不厭其煩地咬住並且吞下肉塊。交易給西莉卡的肉塊應該有三十塊以上，以這種速度餵食的話，不到三分鐘就會被吃光了。要是在這之前沒有完成馴服，就必須選擇是要逃跑還是戰鬥了。我從西莉卡背後凝視著顯示這在道具欄裡的【烤Goliath rana肉】剩餘個數。十塊變成五塊，然後是三塊、兩塊、一塊……零塊。

投出最後一塊烤肉的西莉卡，以緊繃的聲音呢喃：

「計量表從剛才就一直停在九九%。」

「……知道了。應該有一兩塊沒撿到的肉吧，我去找找。」

我這麼回應並且急忙準備回到森林。但西莉卡卻迅速搖了搖頭。

「不行，我想同樣的肉無法提升這最後的一%。我要在這個狀態下挑戰馴服。」

不知道什麼時候，西莉卡的左手已經準備好一條長長的繩子。把它套在尖刺洞熊的脖子上並且綁起來的話馴獸就算成功，但我認為最後那一%就是決定勝敗的關鍵。

「等一下，看看還有沒有其他食物……」

我打開道具欄胡亂捲動。明明來到這個世界才過了一天半，裡面已經塞滿了雜亂的素材道具，但是卻沒有什麼正常食材。鬣狗的肉、山椒魚的尾巴、蝙蝠的翅膀……每一種都不像能滿足巨熊的胃口。說起來熊喜歡吃什麼呢？鮭魚？蘋果？竹筍？每一種都不曾在這個世界看過。

只能在九十九%的狀態下掛上繩子了嗎……正當我打算放棄時——

「西莉卡，這個給妳。」

不知道什麼時候靠到我後面的詩乃，這麼說完就遞出一個拳頭大小的藍壺。不知道裡面裝了什麼。但也只能相信和我們從不同地點開始遊戲，並且橫越廣大基幽魯平原的詩乃了。

接過藍壺的西莉卡，毫不猶豫就把右手伸進去並且拿出內容物。出現的是某種泛白的半固體塊狀物。由於相當軟，所以無法直接丟出去，於是西莉卡就直接朝著洞熊靠近。

「來，很好吃喔。」

尖刺洞熊狠狠地瞪著西莉卡一邊這麼呢喃一邊伸出去的右手。

「吼嚕唔……」

熊短吼了一聲就開始嗅了起來。但是似乎不打算做出更多的反應。這時詩乃以沙啞的聲音呢喃：

「生的素材可能不被接受吧……」

確實有這個可能。尖刺洞熊雖然稱不上是練功區魔王，但明顯是稀有種怪物，想馴服牠的話或許就只能用加工過的餌。但那個白色塊狀物要如何加工呢？

突然間，一道小小的影子奔過我和詩乃之間。從尺寸來看原本以為是結衣，但並非如此。是纏著茶色毛皮，長著細長尾巴的其中一名帕特魯族。是那個用「偶」來自稱的領袖。

以讓人覺得果然是鼠人的速度跑向西莉卡的帕特魯族，將雙手抱住的黃色壺朝西莉卡右手上傾倒。帶黏度的金色液體黏糊糊地流下，覆蓋住白色塊狀物。結束作業之後，鼠人再次以猛烈的速度跑回後方。

「…………？」

我和詩乃同時茫然張開嘴巴。在這之後——

尖刺洞熊再次動鼻子聞了一聞味道，然後舔了一口就讓西莉卡手上難以言喻的物體消失了。

剎那間，西莉卡的左手有了動作。長繩掛到洞熊粗大的脖子上，環繞過去後就用雙手打結。尖刺洞熊的巨軀發出閃光——

原本發出鮮紅色光芒的環狀浮標變成綠色。

寂靜之中，西莉卡當場癱軟到地上。

「嘎嗚！」

簡短叫了一聲的熊，不斷以巨大舌頭舔著西莉卡的臉頰。

當我茫然看著這一幕，身後就傳出了聲音。

「……這是成功了嗎？」

站在那裡的是愛麗絲。在夜裡也保持著碧藍的藍寶石色眼珠依然浮著懷疑的光芒。雖然我也無法立刻相信，但是洞熊的環狀浮標從紅色變成綠色是事實。

「應該……成功了吧？」

「老實說我本來覺得不可能成功。如果是西莉卡的話，說不定連西帝國的野生飛龍都能馴服喔。」

「哪一天帶她到Underworld去試試看吧。」

這麼回答完，我就把視線移到詩乃身上。

「……那麼，那個白色的東西是什麼？」

「是奶油喔。」

「奶……奶油？妳在哪裡拿到那種東西的？」

「歐魯尼特族的小孩子給我的。」

「…………這樣啊……」

輕輕搖搖頭後，我又看向後方聚在一起的帕特魯族們。

「……那麼，那些鼠人淋到奶油上的是什麼？」

「誰知道呢……」

代替聳肩的詩乃回答的是和亞絲娜手牽手的結衣。

「那好像是蜂蜜喔，爸爸。」

「蜂……蜂蜜？在哪裡拿到那種東西……」

「聽說帕特魯族很久很久以前就是在基幽魯平原養蜂。他們說過那些蜂蜜是一族繼承了幾百年的寶物。」

「幾百年的骨董蜂蜜嗎？為什麼會用掉這麼貴重的東西……？」

我一邊再次看向帕特魯族一邊這麼呢喃，這時結衣也微微歪起頭來。

「我沒有問得那麼仔細，現在問問看吧？」

「我覺得還是不要問比較好。」

在我回答之前，亞絲娜就微笑著這麼說道。

「桐人被問到幫助別人的理由時也會感到困擾吧？」

「……嗯，或許吧……」

——在心裡想著「其實是老是受到別人的幫助才對」並且點了點頭，結果小黑就用頭摩擦我的右腰，同時發出抿著嘴笑一般的叫聲。

「不過呢，如果是這樣的話，也難怪小熊會被馴服了！」

莉法的發言讓莉茲貝特露出疑惑的表情。

「為什麼？」

「因為是蜂蜜奶油啊！怎麼可能抵抗這種誘惑呢！」

「那只有妳吧……」

當我準備這麼吐槽時，肚子就傳出「咕嚕～～～」的叫聲。艾基爾與克萊因毫不客氣地哈哈大笑，女孩子們也跟著笑了起來。

結果還是沒有機會詢問修魯茲他們為什麼要來攻擊圓木屋。

但是必須要做好有二就有三的心理準備。然後所有人都認為，第三次應該會是更大規模的攻擊才對。

因此我們沒有因為成功和詩乃、艾基爾以及克萊因會合而高興太久，立刻在圓木屋的前院圍著營火開始討論起今後的防禦事項。

在高大石牆包圍的庭院西南角落，尖刺洞熊米夏（西莉卡命名）正側臥著巨軀睡覺，小黑和阿蜥也像是埋在牠異常柔軟的腹部毛皮裡般熟睡著。這是讓人覺得牆外發生的激鬥像是作夢一般的溫馨場景，不過要是因為飼料不足而讓米夏的馴服狀態解除的話，那個瞬間地獄的景象就會復活，所以等會議結束之後就得去尋找熊喜歡吃的食物才行。

二十名帕特魯族們目前在圓木屋的客廳休息。但是在登出這款遊戲之前我們也必須在安全的地點睡覺，所以之後還是得為了帕特魯族們蓋新的建築物。雖然待處理的事項還是堆積如山，但現在的課題是──

「果然還是只能強化牆壁嗎？高度也提升兩倍左右……」

克萊因攤開雙手這麼說完，亞絲娜也輕輕點了點頭。

「剛才的敵人毫不猶豫就爬上來了……看來需要落下會受到莫大傷害的高度才行。還有要盡量把上面的凹凸不平處弄平。」

聽見這言外之意為「理想是中央聖堂的白亞之壁」的發言，我忍不住就要露出微笑，好不容易才忍下來。但還是無法瞞過騎士大人敏銳的感覺，被她狠狠瞪了一眼。

「桐人，怎麼一直保持沉默，你沒有什麼意見嗎？」

「抱歉抱歉，我在想很多事情。」

我輕輕動了一下頭，乾咳了一聲後繼續表示：

「嗯……我對於加強防禦沒有異議，但這個方向總有一天會有極限。牆壁再高只要架上梯子就會被克服，今後玩家等級提升之後，遠距離攻擊的手段也會增加……」

「那麼該如何保護這個地方呢？」

面對莉茲貝特急性子的提問，我提出接受帕特魯族同行時就想好的點子。

「不覺得之所以不斷遭到襲擊，是因為只有一間玩家房小屋孤零零地在這裡嗎？」

「啥？你是打算增加房子？」

「是啊。但不是一間兩間。我要在這裡蓋一座城市。」

「…………」

包含結衣在內的九名伙伴全都露出啞然的表情。

最先開口的是亞絲娜。

「桐人，光是蓋許多建築物還是無法成為城市喔。必須有居民才行。」

「反正帕特魯族也需要房子吧？蓋五六間他們的房子，應該就有點樣子了吧？」

「要把帕特魯族當成盾牌嗎？」

詩乃以尖銳的聲音這麼問道，我則是急忙搖頭回答：

「不是不是，當然也會保護他們啊。只不過，從玩家不容易襲擊這裡的層面來看，或許可以算是利用了他們吧……」

我環視面露難色的眾伙伴並且繼續說明：

「橫越基幽魯平原到一半時，我就覺得這個地點的資源相當豐富。因為蓋房子需要的石頭與木材幾乎是取之不盡。最令人擔心的是鐵礦石，但是西莉卡幫忙馴服了尖刺洞熊，這個問題應該也獲得解決了。」

當我把話說到這裡，莉法就插嘴進來說：

「咦……熊不會再湧出了嗎？」

「被打倒的話就會，但是馴服的話應該就不會了。因為如果會的話，就能不斷把那種強度的Ｍｏｂ變成寵物啦。收集十隻組成洞熊軍團的話就所向無敵了吧。」

「我可不想再挑戰一次了。」

西莉卡抖動一下身體後，原本在她頭上睡覺的畢娜就張開一隻眼睛，像要表示「就是說啊」一般發出「啾嗚」的叫聲。隨即響起一陣和睦的笑聲並且止歇。

「嗯，再湧出這件事之後再到巢穴去確認……總之呢，我認為增加建築物不是那麼辛苦的事。不過只靠帕特魯族的話，形成城市的居民明顯不足，將來還是得挖角其他的NPC才行。」

「巴辛族他們願意搬家過來的話就太好了！」

結衣剛這麼說完，莉茲貝特就用力點點頭。其他的VRMMO裡絕對不可能出現讓NPC搬家的情形，但是感覺這個世界或許可以用交涉來達成目的。巴辛族固然相當可靠，但可以的話希望詩乃在基幽魯平原西部遇見的鳥人，也就是歐魯尼特族能夠搬過來居住。能夠使用毛瑟槍的他們願意參加的話，城市的守備將堅固數倍……

「但是桐人……」

艾基爾突然叫我的名字，於是我便連同身體一起轉向他。

「你也是打算完全攻略這款遊戲吧？以昨天系統廣播所說的『極光指示之地』為目標的話，總有一天得離開這座森林吧？」

很丟臉的是，在他指出這一點之前我已經完全忘記公告的事，於是眨了兩下眼睛後才不停點頭說：

「呃，嗯……確實是這樣。但是出遠門時，有沒有安全據點將會造成很大的差異。尤其我們還擁有重到極點的繼承裝備……一直放在自己的道具欄將會大幅壓迫容量，要放在房屋的倉庫欄裡的話就必須想盡辦法來鞏固防禦才行……」

下一個瞬間，伙伴全都露出嚴肅的表情。詩乃的黑卡蒂II是這種裝備的代表，不過對每個人來說，繼承武器與防具都是自己珍惜的搭檔。很可惜的是我的愛劍黑色鞭痕已經成為眾人鐵武器的素材，但是絕對要守下另一把斷鋼聖劍，而其他人應該跟我有同樣的想法才對。

「我基本上是贊成桐人想建造城市的想法。大家呢？」

愛麗絲做出這樣的宣言後，其他人也重複著「贊成」的回答。她輕輕點頭表示理解後再次看著我說：

「……但是要從設計開始做起的話，將會是很大的工程。花上一個星期，不對，是一個月也不奇怪吧？在那之前要是遇見第三次的襲擊該怎麼辦？」

「不！」

我一迅速站起來，隨即高聲握緊裝備著鐵製護手的右手。

「哪能花到一個星期！現在是二十三點，呃……到凌晨三點的四個小時就要打造出城市的原形！」

堅定地這麼說完，愛麗絲就大叫「什麼？四個小時？」，亞絲娜也苦笑著說「看來今天得熬夜了」，結衣則是鼓勵大家說「一起加油吧！」。

# 10

隔天九月二十九日星期二，下午一點三十五分。

我在西武新宿線的急行電車裡搖晃著，同時與襲來的睡魔戰鬥。

可以的話希望能有效利用這段時間來消除睡眠不足，也就是爆睡一陣子，但是卻無法如願以償。這是因為旁邊坐著謎樣轉學生帆坂朋——亦即「老鼠」亞魯戈的緣故。要是睡著而把頭靠在她的肩膀上，然後差點把口水流到她身上的話，今後一定會被她取笑好幾年。

因此當我拚命抬起擅自降下的眼瞼時，就聽見了隱含笑意的聲音。

「桐仔，你似乎很想睡耶。我幫你點眼藥水吧？」

「不……不用了，謝謝妳。說起來，妳為什麼老是想幫人點眼藥水啊。」

「我可不是對每個人都這麼做喲。」

「這樣啊……——但話又說回來了，妳為什麼跟來啊。」

「啊～這麼說就太過分嘍。是我指導你不用翹課就能離開學校的密技吧？」

「唔……」

聽她這麼一說，倒是真的無法發脾氣。

平日的下午三點到銀座，為了回應這種對高中生來說是強人所難的要求，雖然不願意但還是打算翹掉今天的第五節和第六節課。但開始上課前隨口對跑來找我的亞魯戈提起這件事情，她就告訴我只要向學校提出「求職前職場參觀」的申請，下午的課就能請假。

當然申請書必須獲得參觀企業的電子認證，但我已經請找我的那個男人捏造了。申請順利通過，雖然成功迴避了無故曠課的烙印，但無法上課的事實依然無法改變。

於是我便下定決心，這下子要是沒什麼大不了的事，我就要不斷把高級蛋糕塞進肚子，直到人體的極限為止。

「倒是聽說你們昨天很累啊？被龐大的聯合部隊進攻據點了？」

突然被亞魯戈這麼問，我沉默了一秒鐘後就反問她：

「…………妳怎麼知道的？」

「參加聯合部隊的玩家在ＳＮＳ投稿了詳情喲。雖然是上鎖的帳號，但是那對本亞魯戈大人根本沒用啦。」

「真的假的……」

之所以發出這樣的呻吟，並不是因為亞魯戈的情報收集能力，而是因為有人「投稿了詳情」。這樣在Unital ring世界存活下來的所有前ＡＬＯ玩家，不久之後就會知道我們的據點所在之處了吧。

把嘆息吞回去後，我重新回答亞魯戈的問題。

「真的很累人喔。那些傢伙過來的時候就做好攻下據點的準備了……因為陣容裡沒有魔法師才好不容易擋了下來，如果有兩三個魔法師的話，我們就輸了吧。」

說到這裡之後，才對自己的發言感到疑惑。

「說得也是……為什麼找了那麼多人，卻沒有半個魔法師呢？起始地點應該有一大堆繼承了魔法技能的傢伙吧……」

「光是繼承魔法技能是無法使用的喲。」

「咦？是這樣嗎？」

「技能本身存在於已習得的清單當中，但是處於封印狀態，想解封就需要名為『魔晶石』的道具。知道這一點之後，起始地點的斯提斯遺跡周邊，就為了尋找能掉落魔晶石的怪物而引起了一陣大騷動。」

「……這……這樣啊。」

不由得做出僵硬的回應後，才又急忙接著說：

「但是，這種規則對魔法職的玩家不會太嚴苛了嗎？這等於是在沒有繼承技能的狀態下開始遊戲吧？」

「我也這麼認為，應該是沒有設限的話就會變成魔法職太過強大的狀況吧。因為強制轉移到緩衝期間結束的四個小時裡，熟練度１０００等級的最高等魔法師將可以為所欲為吧？像是盡情狩獵強大Ｍｏｂ來提升等級，或者是隨自己高興來屠殺其他玩家。」

「啊……嗯，也是啦……」

實際上因為ＭＰ的回復速度會趕不上，所以不可能從一開始就盡情使用魔法，但只要等級提升就能解決這個問題。正如亞魯戈所說的，不設限的話現在Unital ring很可能已經變成魔法師無雙的遊戲了……但是除了繼承技能熟練度下降到１００之外，還必須吃下魔晶石才能解鎖實在有點太過嚴苛。

急行電車抵達上石神井車站，少數幾名乘客上下車後再次開動。尖峰時段時難以想像車內乘客會有這麼少的時候，午後陽光從正面窗戶照下來後在地板上留下格子狀影子。悠閒地坐在長椅子上的我，再次受到睡意的襲擊。

結果昨天，不對，應該說今天早上也一直拚到凌晨五點。雖然為了達成「四小時建立城市」的宣言而努力，但是收集水井的素材就花了一個小時，尋找可以種植在田裡的植物也花了一個小時，預定也因此而延後。

但所有人的努力沒有白費，好不容易築成了足以稱為城市——當然是以遊戲世界的感覺來看——的成果。

目前圓木屋是被直徑十五公尺的石牆所包圍，我們開拓了石牆外側那一大片森林（大樹被襲擊者燒光了所以作業本身很輕鬆），另外蓋了一座圓形的牆壁，然後把內部分成東西南北四個區域。東區域是帕特魯族的居住地，西區域是將來其他種族NPC的居住地，南區域是商業地域，北區域是田地與寵物們的廄舍。西區域目前只有石頭地基，南區域也沒有任何可以開始營業的商店，但我認為外表已經很像城市了。這種將正圓形分成四等份的構造與Underworld首都聖托利亞幾乎一樣，在愛麗絲指出這一點之前，我都沒有發現這個事實。當然我們的城市直徑只有六十公尺左右，以面積來說甚至連北聖托利亞的一個街區都不到。

即使如此，之所以能夠一夜就完成比當初預想中更加正式的城市，可以說全是靠西莉卡的新搭檔——米夏的福。米夏裝備亞絲娜用裁縫技能與木工技能製作出來的「大型獸用搬運袋」後，就像是毫無搬運重量限制般幫忙搬運了大量的石材與圓木。當然越是讓寵物工作SP條的減少就越是快速，所以確保穩定的飼料就是課題，但是這也靠亞絲娜製作的漁網獲得解決，在南方的河川使用時一開始都是零收穫，但隨著撒網技能的熟練度上升，就能捕獲一些大魚了。由於阿蜥與小黑也喜歡吃烤魚，所以寵物的食物問題可以說暫時是解決了。

再來就是能不能讓總有一天會再次來襲的玩家們產生「襲擊城市並加以破壞」的忌諱感了。我的話是絕對不想幹出這種惡行，但是也有反而會因此而熱血沸騰的玩家，所以關於這一點還是得看到結果才能知道。說不定當我坐在搖晃的電車裡時，新的襲擊者們已經悄悄靠近城市了。

——問題果然還是那個「老師」嗎……

把頭靠在座位邊緣的扶手上——思緒跑到可能躲在一連串襲擊背後的謎樣玩家身上。一聽見ＰｖＰ的，不對，是ＰＫ的指導者，總是會閃過在艾恩葛朗特暗中活躍的殺人公會「微笑棺木」以及其會長「ＰｏＨ」的影子，但是搖光在Underworld受到不可逆損傷的那個男人，實在不可能這個時候還出現在Unital ring裡頭熱衷於「遊戲的ＰＫ」。而且「不要只看對手的某個部分，要掌握全體」這種精神論的指導也不是ＰｏＨ的風格。先以三寸不爛之舌拉攏，再讓人喝下加了毒的水才是那個傢伙的做法。

如此一來，那個老師到底是……

「亞魯戈啊。」

一這麼呼喚，不知不覺間把頭靠在我左肩上打瞌睡的亞魯戈便發出「嗯啊？」的聲音並抬起頭來。

「什……什麼事？」

「妳看見的上鎖帳號，有沒有提到進攻我們據點的理由呢？」

「嗯～？理由嗎……記得好像只寫了是認識的火精靈族的邀約。」

「唔嗯……」

那個火精靈一定就是修魯茲吧。如此一來，跟「老師」接觸的可能只有他一個人而已。

──桐人……你真的……

永久退場的瞬間，修魯茲留下這麼一句話。思考了一整晚還是想不出「你真的……」後面是什麼內容。當然修魯茲並非真的死亡，在現實世界按照線索與其接觸，就有可能把事情問個清楚……

「亞魯戈啊。」

「喂，我差不多要收情報費嘍。」

「我請妳吃銀座的高級蛋糕。所以……妳知不知道ALO玩家裡，哪個人的外號是『老師』的啊？」

「知道喲。」

沒想到她會立刻這麼回答，讓我忍不住窺探她捲髮之下的臉龐。

「真……真的嗎？」

「嗯嗯。是名叫『黑漆漆老師』的傢伙。」

「…………」

我從鼻子發出「呼嘶」的氣息。我也知道擁有這個外號的玩家，但可以確定不是那名問題人物。

「忘掉那個傢伙吧。其他的呢？」

「嗯……」

沉吟了一會兒之後，她才緩緩搖搖頭。

「沒有，想不出來了。被轉移到Unital ring的眾ＡＬＯ玩家好像已經組成了幾支隊伍，或許是其中一支隊伍的領袖，但沒有調查就無法得知。」

「隊伍？是像公會那樣的嗎？」

「比公會還要鬆散一些，大概是以交換情報為主的集團。名字也很隨便喲……像是『絕對存活隊』啦、『廣播小姐粉絲俱樂部』啦、『啃雜草者』啦、『假想研究會』等等……」

「的確是很隨便的隊名……嗯，那妳就幫忙調查一下這些小隊的隊長吧。」

「只有一個蛋糕根本不夠喲。」

我望著噘起嘴唇的亞魯戈那沒有鬍鬚彩繪的光滑臉龐，繼續問道：

「倒是亞魯戈，妳在昨天的會議裡說過尚未登入到Unital ring裡頭對吧？但妳對遊戲內的事情也太清楚了吧？」

「仔細地收集散布在網路上的情報就能了解大概的情形嘍。跟只能靠自己的腳去四處調查的ＳＡＯ比起來實在輕鬆許多，我都要變胖啦。」

雖然這麼瞎扯，但是運動外套與水手服底下的腰身卻跟ＳＡＯ時代一樣纖細，即使很想邊說「哪裡胖了」邊用右手鑽著她的腹肌，不過這傢伙已經不是性別不詳的「老鼠」，而是高我一個年級的女高中生，於是便告訴自己忍耐下來。

「……不過呢，我也覺得差不多該登入去看看了。桐仔，你會從起始地點護衛我到你們的據點吧？」

「嗯……我也想看看那個叫斯提斯遺跡的地方，所以護衛是沒問題啦……」

「好，那就今天晚上吧！」

看來今天的冒險也會相當漫長了……心裡這麼想的我往上看著車門上方的訊息板。電車正好從鷺之宮車站發車。

在高田馬場車站轉乘地下鐵，我們終於來到銀座，今天雖然是平日，這個地方依然相當熱鬧。經過精心打扮的婦人與外國觀光客相當顯眼，身穿高中制服的我們則看起來有些突兀，但不是感到膽怯的時候了。

在充滿高級品牌旗艦店的中央大路大步往南前進，進入七丁目十字路口角落一棟相當具特色的紅色建築物。對方指定的店就在這裡的三樓。走出電梯之後，稀釋了「高級」這兩個字般的空氣就隨著微弱的古典樂湧至，以心念之力將其推回去後就闖入店內。

「歡迎光臨，請問是兩位嗎？」

對恭敬低下頭的服務生表示「我們來找人」後，我就環視著寬敞的咖啡廳內部。

立刻有人從深處窗戶邊的座位上以毫不客氣的巨大聲音叫著我。

「喂～桐人，這邊這邊！」

在心裡吐嘈「你是故意嚷嚷的嗎！」並且橫越樓層，快步朝著聲音來源前進。

明明才快要三點五分，很快就將桌上水果三明治吃掉一半的是身穿深棕色西裝，打著華麗斜紋領帶加上黑框眼鏡的男人。

初次見面時是總務省公務員，接著是自衛隊二等陸佐，然後現在不知道在做什麼，我認識的人當中最為可疑的人物——菊岡誠二郎帶著滿臉笑容對我舉起右手——注意到我身邊的亞魯戈後，就在眼鏡底下不停眨著眼睛。

「唔嗯……算了，先坐下來吧。」

我和亞魯戈並肩坐在他的正面，女服務生放下冰開水離去後，菊岡再次「唔嗯」地呢喃。

「不是明日奈、直葉或者詩乃嗎……桐人，這位小姐是？」

在我開口之前，亞魯戈就咧嘴笑著回答：

「你應該早就認識我嘍。終於見到你了，克里斯海特先生。」

（待續）

# 「Unital ring」能力一覽

■剛力：增加近身中型大型武器傷害與裝備負重量、搬運負重量。
■碎骨：增加格擋時的貫穿傷害。
■亂擊：連續攻擊時增加第二擊開始的傷害值。
■碎鐵：增加攻擊時對敵人武器・裝甲等的損傷。
■流血：攻擊時有一定的機率給予流血減益。
■遠擊：增加範圍攻擊的距離。
■波及：即使單體攻擊也能給周圍的敵人些許傷害。
■喪心：攻擊時有一定的機率給予喪心減益。
■堅守：強化格擋時回彈減少效果。
■反動：格擋時有一定的機率增加敵人的回彈。
■毀刃：格擋時增大對敵人武器、爪牙的損傷。
■掃足：攻擊時有一定機率給予翻倒減益。
■反射：格擋時反射給敵人些許傷害。
■恐慌：攻擊時有一定的機率給予恐慌減益。
■吸精：攻擊時有一定的機率回復MP。

●頑強：增加HP值、TP值、SP值以及狀態異常抗性。
●忍耐：強化格擋時的傷害減少效果。
●活身：給予HP值追加獎勵。
●鋼身：增強基礎防禦力。
●賦活：增加HP自動回復值。
●挑釁：攻擊時增加獲得的仇恨值。
●激發：攻擊時有一定的機率給予狂亂減益。
●沉滯：攻擊時有一定的機率給予鈍化減益。
●抗毒：強化毒性傷害減少效果。
●抵抗：增加對異常狀態的抵抗機率。
●不屈：減少負重超過時的行動限制效果。
●淨化：增加異常狀態的回復速度。
●硬撐：TP、SP歸零時還能支撐一段時間。
●爆食：進食時的SP回復量將超過最大值。
●耐渴：減緩TP減少速度。

◆才智：增加MP值與魔法威力。
◆集中：增加MP條回復速度。
◆精錬：給予魔法威力追加獎勵。
◆大極：增加範圍攻擊魔法的距離。
◆一極：使用單體攻擊魔法時，有一定的機率貫穿對象。
◆開眼：減少MP的消費量。
◆祝福：增強回復魔法的效果。
◆聖別：賦予武器攻擊神聖屬性的追加傷害。
◆博學：加快各種語言技能的熟練度上升。
◆解讀：加快古代文字技能的熟練度上升。
◆賢哲：加快古代魔法技能的熟練度上升。
◆通曉：增強消費型道具的效果。
◆慧眼：增加識別技能的效果。
◆匠心：加快各種生產技能的熟練度上升。
◆炯眼：增大素材道具的採取量。

UNITAL RING ABILITY

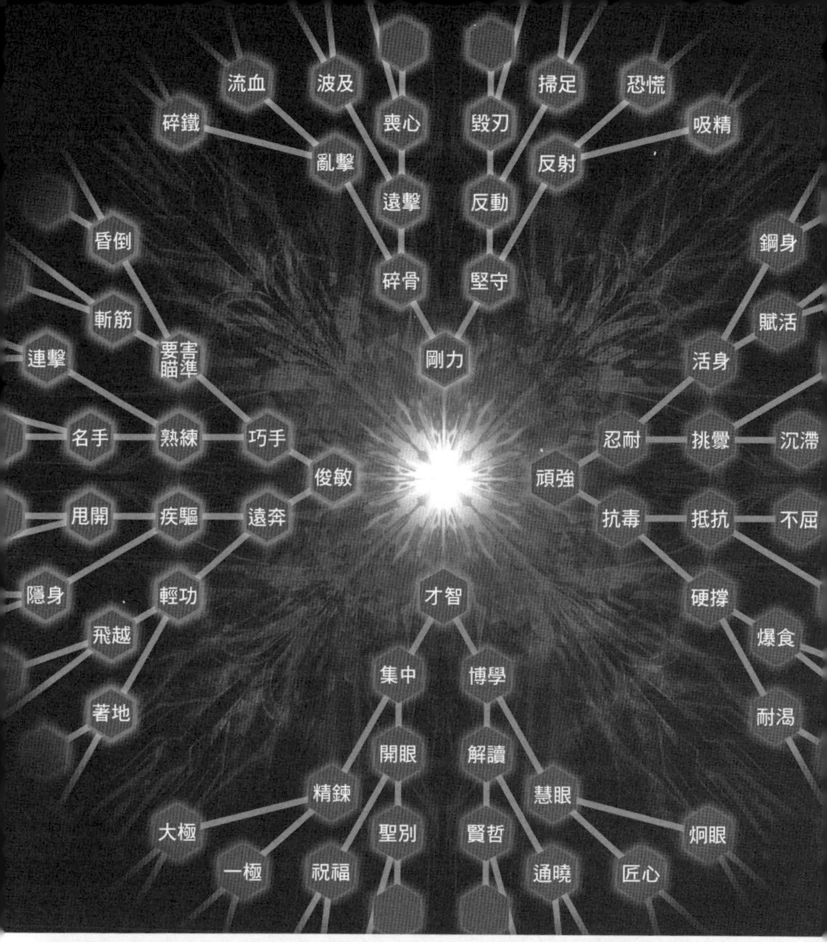


▼俊敏：增加遠距離武器傷害、近身小型武器傷害以及跳躍距離。
▼巧手：增加遠距離武器命中率與開鎖成功率。
▼要害瞄準：以遠距離武器或近身小型武器攻擊時，增加會心一擊發生率。
▼昏倒：攻擊時有一定的機率給予昏倒減益。
▼斬筋：攻擊時有一定的機率給予殘疾減益。
▼熟練：以遠距離武器或近身小型武器攻擊時，增加貫穿裝甲發生率。
▼連擊：以近身小型武器攻擊時，增加連續攻擊發生率。
▼名手：給予遠距離武器的命中率追加獎勵。
▼遠奔：緩和奔跑中的TP、SP條減少。
▼疾驅：奔跑速度上升。
▼甩開：奔跑時，增加鎖定狀態的解除機率。
▼隱身：增加隱蔽技能的成功率。
▼輕功：減低自身重量，增加牆面奔走的成功率。
▼飛越：給予跳躍距離追加獎勵。
▼著地：減少從高處落下時的傷害。

# 後記

謝謝大家閱讀這本Sword Art Online刀劍神域第23集〈Unital ringⅡ〉。

首先要借這個地方為第21集〈Unital ringⅠ〉之後是第22集〈Kiss and fly〉，然後才是這本第23集的古怪構成跟大家致歉。雖然也有不把短篇集的〈Kiss～〉編上集數，然後把本集作為第22集的提案，但是第2集與第8集也是短篇集，所以總是很在意與它們的整合性，這次才會變成這樣的構成。還請各位多多見諒！

那麼……讓各位等了一年，本集就是Unital ring的後續故事。上一集是在製造出鐵後結束，原本這一集是希望以所有同伴會合為目標，但很意外地一路寫到了建造城市。不過仍只是開拓土地並且把建築物蓋好而已，下一集我想要創作的是桐人他們的城市是否能發揮城市的機能，在遊戲攻略上又負起什麼樣的責任。

本集主要是在二〇一九年的八～九月進行創作，剛好是動畫Alicization篇的後半季「War of Underworld」即將播映之前，動畫將播放躲藏在盧利特村的愛麗絲照顧心神喪失的桐人，為了賺取生活費而打工伐木並且將艾爾多利耶趕回去等內容，會讓人忍不住產生「與Unital ring篇的愛麗絲差距真大！」的感想。但是她的內在跟Underworld時代完全沒有改變，只是實行「全力活在當下」的主義而已，所以她今後也會成為桐人小隊的精神支柱才對。

然後最終節裡那個戴眼鏡的人也登場了，這讓人有種Underworld也將再次跟故事扯上關係的預感！人界與黑暗界的情況究竟如何，就連我也相當在意，希望下一集也可以描寫這些內容……但是Unital ring世界也是讓人無法等待的狀況，所以到底該怎麼辦呢？下一集我會努力創作，希望不要再讓大家等待一年了！

至於我個人的近況嘛……隔了五年左右才又重新開始騎久違了的自行車，一開始光是騎上河岸邊的坡道腳就發出悲鳴了，幾個月後就能在速度沒有掉太多的情況下騎上去，讓人覺得人類的身體真的很了不起。希望今後能夠不偷懶，好好地持續下去。然後這次的檔期也很危險跟自行車完全無關，純粹是宇宙的真理。責任編輯和abec老師真的很抱歉！

二〇一九年十月某日　川原　礫

國家圖書館出版品預行編目資料

Sword Art Online刀劍神域. 23, Unital ring. II /
川原礫作；周庭旭譯. -- 初版. -- 臺北市：臺灣
角川股份有限公司, 2021.01
面；公分
譯自：ソードアート・オンライン. 23, ユナイ
タル・リング II
ISBN 978-986-524-169-8(平裝)

861.57 109018302

Kadokawa
Fantastic
Novels

# Sword Art Online刀劍神域 23

Unital ring II

（原著名：ソードアート・オンライン23 ユナイタル・リング II）

2021年2月4日 初版第1刷發行
2023年1月3日 初版第3刷發行

作　　者：川原 礫
插　　畫：abec
日版設計：BEE-PEE
譯　　者：周庭旭

發 行 人：岩崎剛人
總 編 輯：蔡佩芬
副總編輯：朱哲成
美術設計：李思穎
印　　務：李明修（主任）、張加恩（主任）、張凱棋

發 行 所：台灣角川股份有限公司
地　　址：104台北市中山區松江路223號3樓
電　　話：（02）2515-3000
傳　　真：（02）2515-0033
網　　址：www.kadokawa.com.tw
劃撥帳戶：台灣角川股份有限公司
劃撥帳號：19487412
法律顧問：有澤法律事務所
製　　版：尚騰印刷事業有限公司
ISBN：978-986-524-169-8



---